◎ 长篇小说 ◎

刘静好 —————— 著

情场、职场、贪念、爱欲、细碎生活，
一出出不遂之片断。

你随意我干杯

NI SUI YI

WO GAN BEI

文汇出版社

图书在版编目(CIP)数据

你随意我干杯 / 刘静好著. -- 上海：文汇出版社，2018.6

ISBN 978-7-5496-2640-3

Ⅰ.①你… Ⅱ.①刘… Ⅲ.①长篇小说–中国–当代

Ⅳ.①I247.5

中国版本图书馆 CIP 数据核字(2018)第 137588 号

你随意我干杯

著　　者 / 刘静好

责任编辑 / 熊　勇

出版策划 / 力扬文化

出版发行 / 文匯出版社

　　　　　上海市威海路 755 号

　　　　　（邮政编码 200041）

印刷装订 / 保定市铭泰达印刷有限公司

版　　次 / 2018 年 7 月第 1 版

印　　次 / 2021 年 1 月第 2 次印刷

开　　本 / 880×1230　1/32

字　　数 / 175 千

印　　张 / 7

ISBN 978-7-5496-2640-3

定　　价 / 58.00 元

故事梗概：

一群年轻白领，自愿跑来深圳，不可抗拒的命运安排他们做了同事。公司家庭气氛浓厚，各有代表特色之通行外号一款，往来互唤，不以为忤，聊以为荣。每天中午，定时扎堆盒饭，一根根上下翻飞的舌头，把餐谈会搞成民间小型娱乐会现场。人生、理想、八卦、小道消息、绯闻、社会热点、公司内参、各家柴米油盐……纷纷沦为佐餐食品。同时，在其内部，又在波涛暗涌着一场场擦边之爱。

陶然是公司著名长腿，此女多娇，有已婚已育姐姐一枚，姐姐生活已成定局，深房深户的现状令她知足长乐，内心却也不乏寂寞，学会上网聊天，失陷网恋后，欲把妹妹推出去顶包，未遂。

陶然原本听从母命，寄居姐姐家中，嫌其上班路途遥远，搬去跟男同事仇司令伙租。

仇司令、真牛叉皆为公司术业有专攻之没主男杰青，同时中意陶然。真牛叉见陶然住进仇宅，顿感无望。公司前台小姐张佩，爱慕仇司令已久，见此，黯然神伤，却又忍不住要时时打探他俩的进展动态。仇司令利用伙租之便，展开追求，没有实质性进展，陶然对他始终留有一手。

情场、职场、贪念、爱欲、细碎生活，一出出不遂之片断。

好爹是公司男企宣，资深妇女之友，为女同事排忧解难当仁不让。女单身白日梦动了女同事白瘦嗲的老公，好爹出面调停。

陶然对姐姐的女同学赵雅仪，心存感念，从小得她提携关爱甚多，一直因无以回报为憾。赵雅仪漂泊深圳已久，属于爱一场痛一场，不思悔过的性情女人，生活境遇每况愈下，最后在贫病失意中割脉自尽。

陶然伤痛自责之余，展开手中榜单，决意复仇。

1

傍晚，面点王宝华大厦分店营业厅，食客如云。大量高矮胖瘦、黑白美丑，一应俱全的老中青幼各路吃货，组团或者打单，屁股对外，埋头于桌面苦干。

收银台近侧，三名眼镜男围坐一桌，脖子上拴同款工作吊牌，自动亮明出处，系该大厦写字楼芸芸众领中的几匹白领。他们人手一份牛腩面，合伙要了一打生煎包，销毁一空后，脸上均呈现出满意之色。

在深圳，有一家面食店，卖力地向市民鼓吹，自个是深圳人的大厨房。老牌子的深漂一族都知道，这家声名鹊起的面食店，是一个卖油的给搞大的。据说是这么搞起来的：汽油买卖大户——中国石化，卖油卖饿了，钻进路边店，吃了一碗面，吃完后想起不如来卖面，卖了面之后又觉得还可以顺便卖馒头，馒头之后名声大了，索性做大了，开起连锁店。它就是面点王。

三名眼镜男，吃饱喝足之后没有即时离去。作为该快餐店常客，他们都清楚它的传奇出身，望着令人咋舌的火爆场面，他们充分利用了将在此次消费账单上出现的，每客二元的茶位费。就着菊花茶的淡淡香气，他们侃侃而谈，思路开阔，眼光独到，用短短时间，为面点王现象总结出如下几点：

1. 卖油不行，还可以卖面；

2. 卖油不行，不代表卖面不行；

3. 卖油和卖面是可以兼顾的；

4. 入行很重要，入错行同样重要；

5. 跨行业发展，值得期待，从而证明，隔行如隔山是一句谬误，至少片面，很可能已经延误了国家的 GDP 总值；

6. 要成功，就要挑自己不懂的做；

7. 面点是一项有前途的事业，跟面的不一样；

8. 要么不做，要么做大；

9. 中国的市场很大，老百姓又馋又傻。

见他们吃完仍坐着不走，店里一个女部长，假装无意地从他们桌旁转悠两圈，视线里射出催促的光芒。他们中一个，拿起手机看看时间，扬起点餐卡喊声买单，另一个马上往外掏钱夹，抽出一张粉红薄纸，抢先递给惊喜中的女部长。

接过找零后，三人起身离座，出门右拐，往公司去。路经一间花店，花店小妹喊住他们中最年长的一个，好爹，要不要送花给女朋友，明天情人节啦？

三双黑牛皮男鞋，次第停下。花店玻璃门上打着告示：本店预订情人节鲜花，量大从优。

是呀，被唤好爹的一个，像被谁提着一只壶，灌了他的顶，转脸对身旁明显较他幼齿一毫米的二位说，明天 2 月 14 号呢！你们两个，你们两个太不争气了……去年 11 月 11 号，说好给你俩过最后一个光棍节的，今年一定要出成果……怎么还一点动静都没有？

好爹跟花店小妹招呼说，我朋友订花，你要给最优惠的！

那是自然！花店小妹一边插花一边眯眼笑着应他。

在大楼底下等电梯时，好爹义务辅导二位没主男青年，不惜公开私人心得。

追女孩子，要讲究策略，如果没信心一举击破，可以考虑曲线救国，迂回作战，一声不响地，为心中的姑娘，做几件感人肺腑的事，这样，一旦真相揭开，也就离大功告成之日不远了……明天是个好日子（唱的），你俩心上有嘛子中意人选，要逮住时机，重拳出击！——发言者配合发言，挥出斩钉截铁的一臂。

是，多谢好爹，好爹金玉良言。一个严肃地说。

好爹是人生指南、恋爱专家，是我们航海班内定舵导。另个庄严补充。

钻进电梯，好爹的雄浑之音犹在大厅回响，人生靠自己指南，恋爱靠自己掌舵，你们不应怕糗畏难，钢铁这样是炼不成的，要有牺牲脸皮的精神，跟伟大的爱情、理想的爱人相比，面子算什么？

2

情人节一早，陶然搭公车上班，一路都在照着车窗玻璃审验自己的上半身。结果是令她满意的。她同时不怀疑她的下半身会拖她形象综合分的后腿。如果说她的臀部只是长成中庸——不是不翘也不是很翘，那她的两条长腿也铁定是百里挑一的。她在公司的代号就是长腿，长腿只是简称，当时公司男女同事扎堆吃盒饭，表决通过册封给她的全称是鹏城第一长腿，人渣们嫌麻烦，亲切地喊她长腿。

陶然的良好感觉在踏入公司大门第一步时即得到认证，好爹柳三元第一个表扬了她。好爹专注地看了她五秒钟，这注目礼历时之久，继好爹成为好爹之后是极为罕见的事情。

好爹之所以得名好爹，因果互证，他就是一个好爹。他自从荣升为一个小女婴的父亲后，精神的高地就由一坨粉嫩的肉团一举统领。该肉团满月那几天，对公司几个跟他走得近的同事就是一场噩梦。他逮谁就给谁看照片，一有机会就往人 QQ 对话框里海甩自定义表情，相片不能白看，要评要夸，还要夸到实处，说仔仔嘴小眼大他马上就知道是在糊弄他，他会不高兴的，面对他殷切的眼神，谁能忍心拒绝？大家给他搅得，仿佛被扔进《捕蛇者说》的那个年代，交流得靠道路以目。就连同事杯子里插着的一把稍显精美的卡通版搅拌器，他都试图讨回去留着他女儿将来用。ANYWAY，这是一个慈祥得令人发指的新晋升父亲，一个当之无愧的新时代好爹，他甚至为他的女儿学会了写博客，阿弥陀佛他总算赶上了好时代，科技的发展进步让他得以把积攒在体内，几要成疾的饱满父爱，化为激扬的文字泼洒到彼处。看过他博文的部分同志表示，太肉麻了、太唯美了、太心灵花旗参煲鸡汤了，倒牙系数直逼琼瑶阿姨的倾情巨献。好爹不畏人言，果敢地在他特立独行的父爱之路上滑翔，浑然忘我，忘他忘她忘它，忘记周遭纷繁复杂的一切。

可是这一天，情人节的一天，好爹竟然能一反常态，搁下他心无旁骛感天动地绵延不绝的如山父爱，把关注的目光聚焦在陶然身上达五秒钟之久，这对陶然不能不是莫大抬举。

好爹柳三元不但看了，还说了，言为心声，对一个不常表扬他人的人，他的表扬就和一件珍贵的衬衫一样珍贵。好爹目光真诚言辞恳切，他说，长腿，你今天这打扮，可以去电视台参加青春之星海选了。

陶然应对给好爹一个羞涩而鼓舞的微笑。

陶然面带神秘的微笑跨进办公室，坐进属于自己的格子间。

哇，长腿，迷死人不偿命呵！仇司令打她的格子间经过，探进头来看她一眼，立马就惊艳了。

陶然不禁心花怒放。多年前，一位爱美成疾的姐姐向她呼吁——美容先美发——多年之后她始蓦然惊觉，姐姐当真是美学临床界高人。

陶然的身材还是那个身材，面孔还是那个面孔，就昨儿晚上，心血来潮，下定决心，不怕牺牲，不惜投入大量时间、宝贵金钱、鲜有耐心，重新整出一个焕然一新的自我。如果把人比作一幅画，衣服发型无疑就是画的背景。背景太重要了，只要不是一颗歪瓜裂枣，每个女人，特别是尚有青春保驾的女人，都可以创造奇迹。传说中的气质说白了就是外包装效应。陶然从前对没有丑女人只有懒女人的广告词撇嘴冷笑，现在她承认自己的武断，承认这句广告词道破天机。

陶然收掇着台子上的杂物，嬉笑着反问仇司令，本姑娘哪天不迷人了？

前台的张佩过来分发资料，妆容明显比平日仔细周到。二女会心一笑。

哎，张佩忽然凑近了陶然耳语，本公司前台已经代收三捧玫瑰了，都是这么大一捧，张佩展臂做一扩胸运动。

都是送谁的？谁送的？陶然紧张地问。

花店小弟送来的，白瘦嗲一捧，白嫩滑一捧，奶油瓜子一捧，没有你的也没有我的！张佩颇感遗憾地摊摊手，回她的前台去了。

陶然开机后登上 MSN，众爱卿在线的在线，不在线的也陆陆续续爬上线，签名纷纷刷新，个个见义勇为，捧起图释上不要钱的玫瑰花符，你砸我我砸你，陶然在响应行动之余，码了一行字发给张佩，高屋建瓴地感了个慨，哇哇哇，同志们好喜欢过节嘞！

间隙，仇司令在线上问陶然，你今天有约会吧？仇司令今儿的签名是，没有情人也要过节——悲壮无奈而凄美柔情，还安民告示。

陶然劈哩啪啦敲了一行字拍过去，那当然了，这种日子，本姑娘注定是要红得发紫滴。

事实陶然在情人节这天，是无心上班的，眼见着家徒四壁的公司眨眼间一片桃红柳绿，托福环肥燕瘦各路好女的妖娆存在一时成为花的海洋，泰然不能处之，暗自思忖自己总不能在众目睽睽之下成为一个收花零纪录保持者吧，这么一想，她恨不能偷着往花店拨个电话，给自己订束花来撑门面了。

陶然桌子上的分机忽然响了，看一眼显示，内线，操起来接听。

喂，长腿，你的鲜花到了，是本公司目前收到的最气派的一捧，张佩的声音，谁呵，谁对你这么好？我翻了卡片，没有落款，是神秘人呢！

骗我的吧？陶然不相信地反问。

骗你王八蛋，张佩发誓，这种事哪能开玩笑？你要不要过来拿？不拿最好了，本姑娘饱饱眼福先。

我来拿！陶然马上从椅子上弹起屁股冲出去。

张佩抱着一大捧艳光四射的红玫瑰站着等她，谁呵？张佩牛眼以逼，你心里有数的吧？我数过了，数两遍，都是 100 朵，整 100 朵，为何送 100 朵而不是 99 朵？100 朵代表什么？百年好合？还是花店小弟数多一朵给你了？

我怎么知道？陶然接过花捧，也是诧异得要死，卡片呢，我看看。

张佩马上把手探进花束，摸出一张小卡，竖着举到陶然眼前，陶然手一伸捞过去。小卡上纵向一列墨体字：情人节快乐！

你真的不知道？张佩问。

真的不知道。陶然抱着花捧一个华丽转身，飘然离去。

嘎嘎嘎，身后传来张佩的怪笑，早知这样我就私吞了。

陶然回到格子间拼命想也想不出是谁给她送的花，她又不是名人，不可能有粉丝，那会是谁呢，这么这么抬举她，还匿名地，这么讲，是有人在默默地爱着她罗？

吓，陶然头一偏，白云凤爪的脑袋突兀地从她桌子边上冒出来，竟然是猫着腰潜进来的，不知想干点啥秘密勾当。

白云凤爪原名叫白玲，就因为一双爪子生得太像一对鸡脚了，在有着象形文字灿烂文化血脉传承的疆土上，被同胞们理所当然地联想到南中国一道著名的粤式凉菜，白云凤爪。好在这个时代已经不唯美了，当事人也具备相当级别的自嘲精神。

你干嘛？陶然吃惊地问。

喂喂喂长腿，帮个忙，白云凤爪蹲在陶然腿边上，压低了嗓门招呼。

好长腿，你帮我发条短信给我老公，内容我来编写，白云凤爪尖尖的爪子间夹着她的手机，呶呶呶，我已经编好了，先发给你，你用你的手机转发给他……我想给他的贞洁度做个测试，怎么样，行不行？

呵——？陶然讶异了一声，俯头去看白云凤爪像太监跪举令牌一样举到她眼前的手机。

往事并未如烟，她依然会在特别的日子叩响我的心扉。今晚你能出来么？太想与你在今晚有一场约会！

陶然默诵了一遍，天呐天呐天呐，太煽情了……你男人看后心动了打我电话咋办？

你不接就是了，白云凤爪说，想了想，又说，不过，他也不认识你，接了也没关系……还是接吧，听听他怎么安排。

可是凤爪，陶然为难地表示，这活儿我干得少，万一表演不能达到真实自然的效果，穿帮了咋办？他若是非逮着我，要弄个水落石出，我我我，如何是好？

唉，长腿，白云凤爪用她尖细的利爪在空气中抓了一把，你担心的怎么刚好与我相反呢，我还怕你表演太逼真了，把他像急于摘桃的猴子一样逗上树，露出他那红红的屁股，届时我该如何收场呢？

那就别玩儿了吧，陶然建议，男人也不会那么笨的，性格坚强的先不要说，就算是个容易风吹草动的男人，一般对陌生号码的来信也不会抱太大热情的，而且你看你这话说得，分明是老相好的口气嘛，他心中如果没有对得上号的人选，一准以为是别人误发的。

这么说我应该放弃行动？白云凤爪犹豫地问，可是我多想给他做个测试呵，七年之痒，我们结婚没七年认识也有七年了，我都痒了他还没痒么？

那你不妨先测测你自己，有男人今晚约你你会出洞么？陶然问。

不会，白云凤爪答得干脆，这个时刻太敏感了，傻比才赶着在这天暴露自己。

你男人是傻比么？

不是，白云凤爪直起身来，好了，不用启发我了，计划取消……你这花很漂亮呵……哎，白瘦嗲今儿人还没到公司花就到了，我看她的花来得诡异，八成是野男人送的。

那有啥好奇怪地，陶然扬扬眉，又白又瘦又嗲，结了婚照样

8

可以有追求者嘛。

白云凤爪吐吐舌头转身回岗位去了。

中午大伙儿扎堆吃快餐，这儿一堆那儿一堆，堆堆都在讨论玫瑰花与她们的得主。

陶然加入到以白瘦嗲、白嫩滑、白云凤爪、白日梦、消息树（张佩）、好爹、真牛叉为主要参议员的讨论群。在本公司，白家是个大家族，不同宗也不同祖，不同父也不同母，之于种种千丝万缕的联系跟白有染，自发结成亲友团。真牛叉真名汤家杰，公司电脑高手，老总都服，任何跟电脑有关的故障交给他就像把肉包子朝狗身上打去，其快捷利索也能赶上狗对肉包子的解决。

总的来说，这次是已婚妇女们战果辉煌。张佩在发言。张小姐作为本公司门户代表，从一而终地坚守前台，用她心灵的小窗户目睹了从那儿进出的一切。对任何事端的序幕，她最有发言权，她的发言也最具权威性。她在公司获得了消息树的美称。无它，全盘取决于她的工作岗位。

白瘦嗲马上从饭盒里抬起她的白脸，一本正经地说，消息树这句话明显带有种族歧视，已婚妇女怎么了？已婚妇女就不是女人了？就不能过情人节了？就不能收花了？就不能享受爱情了？已婚妇女收花怎么就被看成是特殊现象？还战果辉煌呢，说得跟拉赞助似的，我白瘦嗲作为本公司已婚妇女杰出代表，可以骄傲地告诉大家，我的玫瑰花是我们当家的送的。

我们当家的指谁？白云凤爪闻言把脸从快餐盒里偏向坐她旁边的好爹，我们老板？王总？吴总？

咳，咳咳，白瘦嗲清了清嗓子，请不要枉自制造绯闻！王总吴总有没送花，送给谁，送了多少人多少枝？我呢，虽贵为助理，却一概不知，也无权过问，但我可以对着菩萨发誓，我白瘦嗲没有享受这份俸禄……我说的我们当家的是指我家那口子,我孩儿他爸,鄙人的老公,understand?

那就不能叫我们当家的,白云凤爪小声争辩,只能说是你家当家的。

甭管你家我家的,好爹突然掺和进来,嘴巴还在作最后的咀嚼,要我说,男人给女人送花,此风不可助长,往小的说,那是不懂过日子,知道那花多贵呵尤其今天,往大的说,那是崇洋媚外,资产阶级小资情调……小资现在已经不流行了,说谁小资那就是在骂谁,就跟骂人装叉一样。

好爹停下来,给自己喂了一筷子米饭,一抬眼发现坐他对面的白日梦正盯着他看,眼神十分犀利。白日梦是最典型的女小资,开水都恨不能倒进高脚杯喝的那一级别,而且她从不讳言自己就是个小资。好爹想说点啥扭转乾坤的话已经来不及了。

白日梦第一个就餐完毕,推开饭盒,主动为大家剖析了好爹此番言论的思想根源。白日梦是好爹资格最老的女同事,清楚他五年来巨细无遗的爱恨情仇、灵肉沧桑(别以为只有打工妹才灵肉沧桑),从她嘴里说出来的好爹,比好爹亲口说出的他本人可信度更高。

白日梦朗声说道,诸位,众所周知的是,好爹在成为好爹之前先是一个好人,据我目测结合心算,好爹在过去那光辉的岁月里攒下的好人卡刚好够开一副生肖牌。

好人卡是一个典故。

传说宝岛台湾有这样一枚青年,他人品高洁却每恋每黄,黄他的姑娘在黄他的总结呈辞中总少不了这样一句,你是一个好人,真的是一个好人,但……但后面各有不同,但不管怎么样,结果都是这个好人姑娘要忍痛割爱了。随着该个典故的流传,好人卡渐渐泛指一切恋爱不遂被姑娘们婉转抛弃的男青年，随着两岸文化的交流窜至大陆，并迅速被大陆办公室一族广泛接受转而大量引用，加冕在符合特征的各大男青年头上。

白日梦把两根食指交错着叠了一下表示一个十，又举起右手打一个 V 字代表数据 2。

12 枚……同志们，同胞们，你们用心想一想，一个人，一个男人，一个内心善良、纯洁无辜、敏感多疑、多愁善感、多情脆弱、矜持内向、爱吃肉不爱吃鱼（好爹把一块炸鱼块挑在筷头上正欲往垃圾桶里抛，闻言马上吃惊地打住了）的男人，纵然他铮铮铁骨蒸不熟煮不烂，压不垮打不趴，从太空扔下也不变形，更兼有那钢铁长城般屹立不倒的意志，沧海一声笑滔滔两岸潮的英雄义儿女情，可我们也不能要求这样一个男人对曾经伤害他就如同碾死一只蚂蚁一样残酷无情的一类女人永远唱赞歌吧？因此，基于以上种种种，我作为本公司小资范儿首席代言郑重表态，好爹对小资类女性族群集体丧失信任、缺乏好感是值得谅解而且应当被谅解的。白日梦说到这里像一个访谈节目主持人一样缓缓地点了点头。

我好人卡的接力棒已经传给真牛叉了，好爹瞟一眼与他的视线水平位置形成 45 度偏斜角的真牛叉，牛叉，你好好努力，争取更多的姑娘给你发卡，等你到了我这把年纪你就知道了，一个男人，他能够被那么多姑娘喜欢和拒绝，对他个性的养成会产生如何深远的影响，经由野蛮女友教育出来的男人，将来绝对会是一个好爹……同时，也成就了一个人超级强悍的意志，千锤百炼九死一生，失恋都不怕了还怕什么呢？生活里还能有其他什么过不去的坎儿么？

但是好爹，真牛叉汤家杰马上提出不同见解，如果这种被海甩的经历带来的是负面影响，把一个人弄变态了，从仇恨个别女性发展到仇视整个性别群体……君不见，在那浩渺的社会新闻网页上，多少落网的变态杀人狂、强奸犯都交代说思想的转变是从一个女人开始的？

好爹怔了一下，一时语塞，眼珠子转了一圈，马上反应过来，你说的变态不在讨论之列，我们这会儿所指涉的当事人起码是一个人格健全的男人，你想，姑娘都给他派好人卡了，人品当然是没问题的。

如果本来是没有问题的，真牛叉继续发问，后来被甩出了问题呢？

那也证明他从一开始就是存在问题隐患的，是一个问题人格的携带者，归根结底还是不健全的……牛叉呵，我相信你的人格是没有问题的，你一定要坚持做一个好人，等你到了我这把年纪，你就会发现，做一个好人，虽然往事不堪回首月明中，但过后意义就出来了……实不相瞒，前天还有位姑娘无限后悔地跟我说，她错了，如果时光能够倒流什么地……

那你怎么回人家的？白瘦嗲见好爹没有再往下说的意思，着急得追问。

还能怎么回她？好爹一副超尘出世的样子，把我女儿照片掏出来往她眼前一拍，我什么态度不就立竿见影了？不过实在说，我现在觉得爱情真是相当虚无的东东，血肉亲情才是最可靠的，我只要一想到我女儿的小脸，她那天使般纯洁无瑕的迷人笑容……

哦，卖跶葛！白日梦对天长叹。

"卖跶葛"是该公司内部流行用语，不属笔误，属群众智慧，意思是我的天呵。

又来了……张佩嘀咕一声，携上盒饭闪人。

好爹望着张佩远去的背影无奈地摇头，收掇起桌子上的食物残渣裹在吃空的泡沫饭盒里一并抛进腿边的垃圾桶，感慨道，你们这些小同志呵，没有当爹妈哪能体会当爹妈的乐趣！

好爹，白瘦嗲接过话茬，我也是当妈的人，也对儿子疼爱有加，但跟你一比，就显得我的手提包太小了。白瘦嗲抽出片纸巾小心地揩掉嘴角的油渍，继续说，好爹，你的父爱能量太强大了，也可以转化一点其它事物上的嘛，比如爱老婆，爱党，爱人民，爱工作，爱旅游，爱吹牛，爱什么都行……爱自己女儿没错，但这爱还是狭隘了，要集思广益全面发展。

同志们吃完饭都各就各位去了，剩一个好爹无言地坐到最后，若有所思又若有所悟。后来他站起身，回到属于他的格子间，他掌起电话，一扫上一秒的阴霾 and 深刻，像一下子年轻了五岁，他轻快的声音越过屏障在办公室回响，你帮她抱过来，让她给我哼哼两声……

坐好爹隔壁的白日梦闻声一头栽倒，用力过猛，桌子上的咖啡杯里立刻激起浪花。

3

傍晚下班，陶然与张佩搭一班电梯下楼，各自胸前都兜着一捧花。

她们同步来到大街。街市喧哗，妩媚而热烈，手捧鲜花的姑娘随处可见，当然没捧鲜花的更多。两人一起走上天桥到对面去搭公车。

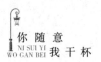
你真的不知道花是谁送你的？张佩问，神情怅然若失。

不知道，陶然看看自己抱着的花，又看看张佩抱着的花，一脸茫然。

两捧嘞，竟然都是做好事不留名的……我好想跟你要一捧嗳，张佩爱怜地看着怀中的花捧，用受伤的声音说，同样都青春靓丽貌美如花，为什么有两个神秘人送你花，我却什么也收不到？上天太不公平了！

陶然眉毛拧了拧，猜测道，不会是送错了吧？

怎么可能，张佩一句便把她驳倒，名字和地址哪能错到一块儿去？毫无疑问，至少有两个人在默默关注着你，严重地说，就是在偷偷喜欢着你。

你有那么迷人么？张佩求证似的拨了陶然身子一把，认真看她一眼，摇着头说，我看不出。

你看不出要什么紧，陶然马上反唇相讥，你白内障本来就有，花儿已经无言地说明了一切。

哈哈哈，张佩狂笑，那是，你现在有花撑腰，你才是真牛叉。

我手里这束 11 朵，张佩抖动了一下怀中的花束，继续说，寓意是显而易见的，要一心一意对你，当然也包含劝勉你也要一心一意对他；至于你手里的 100 朵，就这花的级别考据，送花人要么很有钱，但如果有钱的人都很小器这句话成立的话，那又当别论，很可能就是个没钱又不懂省钱的主儿，无论有钱没钱，肯送你极品玫瑰，且枚数众多，足见你在此人心目中地位不同凡响。

俩人唠叨着走下天桥，忽然冲上来一个男人，截住陶然的去路，抬起手把一张名片硬朝她手里塞，陶然本能地一惊，向后退缩。

小姐，我是人和影视公司的星探，我觉得您的气质跟我们需要的某个角色非常接近，希望您能到我们公司参加试镜。

这……陶然又惊又喜，娇羞地看一眼身边人张佩。

少来啦，张佩一把挥开那男人向她们伸出的手，拉起陶然夺路而去。

骗子来的。张佩说。

你怎么知道的？陶然似乎心有不甘。

你还当真了？

林青霞不就是放学路上被星探发现，从此走上星光大道的么？

那你要不要回头去找他？

有可能是骗子，但也不能肯定就是骗子吧，至少可能性是一半对一半，陶然气短地争辩。

那你跟他去吧，不能让我耽误你走上红地毯。

你怎么知道人家就一定是骗子了？

当然了，张佩表情愤慨，三年来他们就不定期在这天桥上派片子，我至少被他们一伙拦截过五次，第一次那业务员口才一流，把我都说动了，跟过去一看就让缴费，说要参加培训，到这时候还看不出咋回事的，那就等着做瓮中的王八，让人捉吧。

陶然认真打量了张佩一眼，信了。两人并肩下天桥，又一起沿着人行道西行，来到一块有巨幅广告牌的站台底下。大眼袋的王志文，手里握个手机，巧笑倩兮地侧身卧着，面向行人。

王志文的掺和，让天桥风云再次成为她俩的话题。

做明星真好，陶然盯着广告牌流口水，就这么一躺，多少银子就哗啦哗啦流进口袋了。

为什么三年了，我都没被他们拦过，你却被拦了五回，我看上去不像个有钱人么？还是我生得一股聪明机灵的样儿，骗子看着没指望？我也不比你漂亮，你也不比我傻，为什么我们在遭遇假星探这样的人生际遇上会有如此巨大的历史鸿沟？陶然向张佩诚恳地请教这个问题。

张佩认真地审视了陶然两眼，语重心长地说，如果非要在这两种假设中产生一个选择，应该是第一点比较符合，恕本座直言，你的聪明 AND 机灵，本座与你朝夕相处尚不能察觉，旁人就更没机会察觉了，至于你今天缘何能成为骗子猎取的目标，至大可能是你手里的这捧花带来的后果。

你是妒忌我吧？陶然白了张佩一眼，瞅见去龙华的车冲了过来，急得在原地跳脚，张佩，我还是搭下一班吧，我要大便，我忽然很想大便！

张佩义无反顾地把陶然给推上了车，大便着什么急，忍一忍回家再大，这附近也没洗手间，回家吧，回家再大，呵……

4

车一靠站，陶然即施展了她幼年时，浪荡乡间露天放映场，修得的泥鳅功，手捧豪华玫瑰，嗖一下飙出同车乘客自发形成的包围圈，旋即凌空一跃，像一件被扔出去的包袱，双脚结实着地，刹那间又像臀上吃了一记猛拳的白龙马，彪悍地冲将出去——以至事后回想起来，她不得不感叹，她竟然也是一个身怀绝技的女人！

陶然一路奔还一路想起一名了不起的小学生写下的比喻

句——校运会上，弟弟像野狗一样冲了出去。据说，这名有着非同寻常的喻事能力的儿童，在受到老师的严厉呵责后，知道野狗不是好词，不该用来形容一个好人，又把比喻句改成：弟弟像家狗一样冲了出去，这孩子最后很受老师鄙视。

陶然觉得此刻自己比一条野狗还不如。虽然她现在奔得跟一条避免沦为狗肉煲的野狗无异。她羡慕做一条野狗的潇洒不羁，何管人类这繁文缛节那管束规定所谓的文明进步社会秩序，胡天胡地，到处撒野，有权随时随地、随心所欲大小便。这最后一点，她就不能。

她被该死的张佩推上该死的大巴后，浓重的便意就如上帝的大手紧紧扼住了一个倒霉蛋命运的咽喉，好不容易捱到下车，却发现并不能就地解决，近旁无一处可收纳她之代谢物的宝地，她必须摒弃一切妄想，直接坐上 300 米以外姐姐家的马桶，方能解决这一燃眉之急。

陶静为妹妹打开屋门，立马被妹妹一掌搁开。

快点快点，我要上洗手间……陶然无视姐姐为她摆好的拖鞋，扔了花扔了手袋，冲刺进卫生间。

然而事态的发展出人意料，假相无处不在，骗别人有，骗自己的也有，差点没跑断气，末了竟只是扒下裤子坐马桶上……一路上都在唯恐把黄金蛋拉在裤子里的陶然，等终于坐上马桶的一刻，事实不过是打了一个悠长舒缓如田园小夜曲的，音量不超过 60 分贝的不很清脆的响屁！

很不甘心的陶二小姐，在马桶上多呆了几分钟，确信自己的确没有干大事业的能力和需要之后，扯了把纸巾象征性地擦了擦，忍不住在心里一通狂靠，上帝他大爷的闷得发慌就出来调戏众生，做人真太可怜了，摊上个不懂事的上帝，嘛招呼都不打就

17

弄你个一鼻子老灰。

5

陶静正抱着陶然带回的豪华玫瑰赏析，面露狐疑，见陶然出了洗手间门，马上指着她的脚命令她把鞋换掉。

自觉女性都应该养成良好的卫生习惯，陶静教育妹妹，把外面穿的脏鞋直接踩进家里干净的地板，这事儿干得太招人厌了！

陶然乖乖跑去鞋柜边，一面脱鞋一面申辩，不要有点什么小事就给我上纲上线地，我平时哪次进门不换鞋了？刚才情况特殊嘛，难不成不脱鞋比尿裤子还严重？地板踩脏了我会给你拖的。

什么叫给我拖？陶静纠正她，你也住这里，你也有打扫的义务……你平时就是做得太少了，做一回倒像在积德行善……喂，你这花谁送的，很气派呵，不便宜吧？

不知道，不知道谁送的，也不知道是贵是便宜，陶然沉声回答，表情无嗔无嗲。

那打哪儿来的？捡来的？

跟捡来的差不多，陶然当真洗了拖把开始拖地，找个花瓶给插起来吧，虽然不知道谁送的，但花儿还是值得欣赏滴。

陶然拖着拖着，忽地把拖把往地上一拄，指着墙角地板上的灰沙，道，这房子质量真差，边角上成天往下掉粉末屑儿，你看。

房子是陶静最值钱的固定资产，改变了她在这个城市的地位和自我感觉，是她实打实的骄傲。陶静经历过漫长的租房生涯，做业主的现状令她知足长乐，她也承认这房子的质量并非那么上乘，墙上往下掉灰沙就是最明显的瑕疵之一，但她不乐意别人贬低她的房子，就算那是事实她也不爱听，买都买了，不可能换也不可能退，那就应当忽略缺点多看优点和长处。

赶明儿你去买套又红又专的大房吧，你姐姐我没你心气儿高，能过上不缴房租的日子就很知足了，陶静表情悻悻。

陶然愣了愣，你这个人怎么就一点听不得批评意见呢？说这房子质量有问题又不是讲你不好，房子又不是你施工的。

你这个人才讨嫌呢，陶静毫不示弱，明知我不爱听还讲，明知讲了也改变不了现状还要不停唠叨，你这不是添堵是干嘛？房子有点小毛病，只要不是大毛病，不影响居家过日子的正常生活，不就行了嘛？

好好好，我错了，陶然不耐烦地一挥手，继续拖地。

陶静开了电视，坐沙发上举着遥控板选台。

老妈什么时候到？陶然把拖把洗净后穿过客厅送去阳台晾起。

陶静扭头看看挂钟，估计这会儿飞机应该落地了吧。

我姐夫去接了？陶然问。

去了，下班没回家，接了帅帅就去了机场。

你都干嘛了呀，陶然问姐姐，儿子老娘全交给老公打理，你也太会享福了吧？

我也没闲着，陶静理直气壮地说，去美容院做了洁面护理，回头又跑去超市买了一堆配料回来。老妈这次带了好多活螃蟹过来，还有最纯洁的活土鸡，有一部分将见不到明天的太阳……我准备了大量的葱、姜、韭菜、木耳、料酒所有能想起来的辅料，主料一到就下锅……想想看，有多久没吃到喷香喷香的乡下土鸡了？这可是超市里的饲料鸡没法比的！

我喜欢吃螃蟹，陶然无限神往地说，仿佛一坨蟹黄正在她喉舌间缓缓融化，滋润着她经久干旱的味蕾大地，阳澄湖的大闸蟹，味道太美了！

陶静好笑地看着妹妹，吃方面，你从来都很高品，总能准确无误地选中货币价值最高的抬爱……我今天顺便在超市看了一眼，一只不足三两重的母闸蟹，标价59.9元，这螃蟹身上的肉全剔下来不会超过一汤匙，60大元买一口食物，我怎么也接受不了这样的事实！

酒店里大一些的要一两百一只呢，我们老家的没这么贵，陶然说，老妈讲二两半重的闸蟹三十几块钱一斤，一斤四只，平均下来八块钱一只……所以吃一只老妈带来的闸蟹就等于为家庭积攒了50元的伙食费，所以呢一定要超常发挥多吃益善，吃得越多赚得越多，嘻嘻。

少来，陶静不客气地白一眼妹妹，我要留一部分去送人，还要请几个人家里来吃，你得管好你的嘴，少吃一只两只又不会变老，也不会变丑，有大闸蟹招待客人，这规格马上就上去了。

你要在家里请谁？陶然狐疑地问，还打算拿去送礼？

给你雅仪姐姐介绍个男人，陶静说，准备在我家举办相亲晚餐；送礼还能送谁？市长市委书记我们巴结不上，巴结上了也不知安排他们做点啥好，况且几只大闸蟹就把市长市委书记搞定了的事迹还闻所未闻，不必冒这个险，还不如送给你姐夫的顶头上司来得有保障，让他年终时发多点奖金你姐夫，咱们家也好过个肥年。

也不保险，陶然为姐姐着想，现在离过年还早，如果那个为嘴失节的上司吃了螃蟹，也决定对螃蟹的施主投桃报李，结果要报答之前自己先挂了……喂，你刚刚说要给雅仪姐姐介绍个男人，是不是赵雅仪？

你还有第二个雅仪姐姐么？陶静反问，怎么连名带姓起来了，不是一贯喊得比亲姐还亲的么？

她是比你对我还好，陶然不客气地数落姐姐，跟她比你根本就是个傀儡姐姐，在作为姐姐的人生舞台上你毫无建树、愧为这个充满感情的称号……当我的人生陷入低谷之时，鼓励安慰我的人是雅仪姐姐；当我的人生需要指路明灯之时，出现在我身边的人是雅仪姐姐；当我对生活感到灰心和绝望之时，是雅仪姐姐牵著我的手带我去吃羊肉串、烤鱿鱼、炸鸡翅，通过美食唤醒我对美好生活的留恋……我人生诸多的第一次都是在雅仪姐姐，有钱出钱，有力尽力的指导帮助下完成的，第一次吃披萨，第一次听音乐会，第一次坐飞机，第一次参加生日派对，第一次吃日本料理，第一次看大海……

第一次插足他人家庭，第一次未婚先孕，第一次堕胎，第一次遭人老婆掌掴，第一次自杀，第一次流离失所，第一次被迫逃亡，第一次身无分文……陶静接住妹妹的语气排比，你就耐心等著吧，雅仪姐姐会引领你走向更多个五光十色、惊悚莫名的人生第一次！

陶然瞠目结舌地看著姐姐。

我承认，陶静叹口气说，雅仪对你，在有些方面胜过我这个亲姐姐……她也不就独对你好，她素来慷慨大方，待人热情有加，为了感情可以不计较得失，有今天可以不在乎有没有明天，但你现在看看她的人生，除了老了青春，沧桑了感情，疲惫了身体，她可谓一无所有。

电话响了，陶静跑过去接听，还没到？那要多久……嗯，好，好吧，……管好帅帅，别让他瞎跑……我知道，好，挂了。

放下电话，陶静冲妹妹摊摊手，飞机晚点了，这会儿才从那边上天……好了，安心等吧。

你饿不饿，要不我们先煮点东西垫垫胃？炒个蔬菜吧……我今天也买花了呢，陶静说。

什么花？陶然问。

椰菜花，陶静哈哈一笑，我现在就去把它炒了吧。

一会儿陶静就端出一盘炒花菜，姐妹俩各执一副筷子向盘子发起进攻。

不咸，呵？陶静问。

不咸，陶然嚼着口里的食物回答，满好吃的。

6

吃完炒花菜陶然主动把盘子收了洗了，出来陶静提出给陶然把眉毛修一修，陶然欣然同意，掇了帅帅的小板凳，手里端一面小圆镜，仰面投靠到陶静腿边。

你给雅仪介绍的什么人？陶然问，优越人才要先照顾一下我呵！

你看不上的，陶静一锤定音地说，你姐夫认识的，一个鳏居待娶的地产商。

噢呦，陶然吃了一惊的样子，那很了得嘛，至少经济上得来呵，没钱怎么做地产？

号称有钱，但看不出有钱，陶静说。

那叫低调。

还低调呢，要高调得起来呵，陶静不屑地说，我都怀疑雅仪也看不上他……不过人家也未必看得上雅仪，在深圳，大龄没主女青年多得去了，雅仪自身的条件也未必就突出，她挑人人也会挑她的。

陶静拔完一边，让妹妹转过身去拔另一边。

我最不想你跟她混一起，陶静对妹妹说，受她的影响，更不想你有她那样的人生……人总要现实点，理性点，把目光放长远，有计划有目标地安排生活，不能图一时兴起，一时痛快，吃光用光不喊冤枉，毕竟我们所在的国家还没有一过青春期就给送免费养老院的福利，青春挥霍尽了还有漫长的中老年需要慢慢消磨。

雅仪姐姐，陶然问，她过得不好么？

能好到哪儿去？陶静反问，一个三十三岁的女人，正常情况下该有的一样没有，无关的人当然会虚假地说，你看你多好，一人吃饱全家不饿，你多自由呵，想去哪儿就去哪儿，去哪儿都不用惦记家小……说这话的人是真的在羡慕她赞美她的生活么？肯定不是，三十三岁的女人，就算有几分姿色，也已迟暮，在绝大多数人眼里，一个没有结婚的独身女人，每个毛孔里都渗着令人同情的哀怨气息……你的雅仪姐姐，她最好的青春就那么任性地、肆意地、不管不顾地、随心所欲地撒掉了，现如今，她独自猫在农民房里，甚至还要为下个月的房租忧心。

没你说的那样惨，陶然扁扁嘴，明显不满意姐姐对赵雅仪的概括，雅仪姐姐……

我知道你想说啥，又为啥那样说，陶静打断妹妹，没错，你的雅仪姐姐，她看上去一点儿也不孤苦伶仃，一点儿也不贫穷拮据，她还常常打扮成有钱有品的贵妇人，跟在发福男人的屁股后

头到豪华酒店的雅座里吃香的喝辣的，这表面的风光与一餐两餐的奢华富足能改变什么？她终究朝不保夕，没有自己的房子，没有肯为她提供未来保障的男人……没有这些，一个女人怎么看都是凄惶的、虚弱的，命似浮萍，飘摇无依！

陶然轻蔑地看着姐姐，几乎是嘲讽地，男人就有那么重要？你自己嫁了个能养活你的老公，从此不必再忍受上班之苦，就一厢情愿地把婚姻看成是乌龟背上的那砣壳，是一劳永逸的买卖，是女人最光明最有前途的选择，是不幸生为女人后最好的归宿，殊不知大把聪明优秀的女性，根本就不屑于结婚，把结婚看成是一件丧失自我，向世俗妥协的愚蠢行为。

我无须你向我灌输优秀职业女性崇尚独身的社会认知，陶静冷哼一声，以同等的不屑相向，问题是真正聪明优秀的女性有多少？多是些自作聪明自视优秀的主儿。你的雅仪姐姐，她，也能在真正聪明优秀女性的位列里安排就座么？

有什么不能的？陶然以反问的语气肯定，她也有一技之长，她也在培训学校授课带班，也有歌厅咖啡厅请她现场演奏，她完全有能力自食其力，而不是像你说的那样，必须交代给一个男人才算功德圆满！

那么，好，陶静再度冷笑，你找个机会问问雅仪，她的薪水，她通过她师范学院音乐系毕业的专业技能打工挣到的钱，够支派她日常消费中的哪一项？不是说她看上去要比实际年龄小么？她早几年做妖精迷惑男人的那会儿，一瓶乳液的钱你打一年的工也未必挣得来！

有那么夸张么？陶然蹙着眉头不相信地求证，我看她用的也就是玉兰油……

那是现在，陶静抢白妹妹，我怀疑她现在买玉兰油的钱都要周转不灵了，她的品牌一直在走下坡路……她人生的基本路线、指导思想，你不觉得很值得后来的人，比如仰慕她的你，引以为戒？

两姐妹一时不约而同地陷入沉默，片刻后，陶然迟疑地看着姐姐，语速缓慢地说，我……有种感觉，你好像有些，不耻她？

不耻谈不上，陶静迅速接口，力求语气平稳客观，我对她感情复杂，有好也有坏，我们交往的时间长，又一起租住过房子，如果说我们的友谊没能寿终正寝，大约要归咎于曾经过于亲密无间，把对方，对方的过去，都看得太清……她大约也没少跟你说起过我的毛病吧？——自私、功利、实际、心机重……这些都是她毫不避讳，曾经当面赐赠给我的溢美之词！

没有，陶然摇头，她没有在我面前说过你的半句不是！

大约知道你是我妹子吧，还是有所避讳，事头你早就是她的人了，我跟她起什么争执，你肯定不会偏向我，至多也是帮理不帮亲。

那当然，陶然老实地说，帮理不帮亲本来就是一个正直的人应该具备的人品，你又不是不知，我从来都很正直无私！

得了吧，陶静冷哼，又切回原题，张罗着给她做媒，也不全是为她，受人所托也是一方面，想想她也许合适，那男人是想正经找个老婆的，也不知她又会不会嫌人家长得难看？

钱老板生得很抱歉么？

五官就很一般，谈不上好看也谈不上歹看，关键是头发，陶静向天翻一个白眼，秃了好大一片，典型的铁丝网包围篮球场。

7

龙华开往市区的早班车上，陶然投入地打着盹儿。车身毫无征兆地一个小跳，陶姑娘直挺挺地向前磕去，脑门扑在一名男乘客大腿根上，这下把她给彻底震醒了。她是坐着的，人家是拉着吊环站着的，如果位置再准一点，就刚好砸中那啥了，真险峻啊。

长腿，搞清花的来路了没？张佩一见面就热情地打招呼。

我掐死你，陶然咬牙切齿做愤怒状，MD，不就想贪污我一捧花么，我本来就想好了要转赠给你的，你至于为了满足自己的私欲，把一个着急大便的人毫无人性地给推上车么？你知道熬过漫长的一个小时旅程才能见到马桶是什么滋味么？

对不起对不起，张佩陪笑作揖，你早点讲把花送我我就不那么干啦。

陶然做一个抽她的样子，转身往自己的格子间去，嘎嘎嘎，身后传来张佩乌鸦般的怪笑。

陶然把手里的活儿处理完毕，时针已经无情地指向了十一点，赶紧上线，满足一下精神需要。

人渣们统统在线，除了张佩和仇司令，个个头顶忙碌的斗篷。

我昨天看见你男朋友了。仇司令一见陶然登录就赶上来搭讪。陶然一看就知道是在胡说八道，回了俩字，是吧，标点都没有。

嗯，挺帅的。仇司令继续胡说八道。

陶然不理他了，打了一行字问张佩中午吃什么，张佩说自己带了饭。

陶然接了个公事电话，是她负责跟进的一个业务单位打来的，对方既孤寒又苛刻，跟大蟒蛇一样难缠，好不容易把他安抚定，放下电话陶小姐就对着电话机"我呸"了一声。

你干嘛？一个女声自她的头顶上方飘过。

吓，陶然吓得一跳，抬头就见白云凤爪的红毛脑袋盘踞在她格子间的屏障上方。

拜托，不要老这么吓人好不好？

你整天脑子都转什么呢，怎么那么不经吓的？白云凤爪竟然还批评人，旋即又换了副笑脸，喂，长腿，昨天我们公司就我没收到花吧，你猜你收到什么了？白云凤爪把她鸡脚一样尖削的爪子往陶然眼前一叉，一枚小巧闪亮的铂金戒指跃入她的眼帘。

哇，陶然夸张地叹一声，这礼物厚实呵，谁送的？

我老公，白云凤爪轻快地回答，满意地收回手，装作调节戒环位置的样子又细细端详一番，末了把五指叉开，擎在半空中仰视一会，心满意足地归位去了。

中午吃快餐，人员比较分散，还有没挪窝的，坐格子间就地解决。

陶然心怀鬼胎，看上去表情诡异。她带了四只大闸蟹来，就算她自己不吃全分了，也难免要结出一颗厚此薄彼的恶果来。唉，做人难，做一个分大闸蟹的人更难。

陶然搬着公司帮订的外卖，拎上自带的稀罕物，去到小会议间。

坐这儿，长腿，张佩抱个不锈钢器皿，也是刚刚坐下，见到陶然，起身把靠外边的座位让出。陶然心头一热，马上在心里决定分一只大闸蟹她吃。

做什么好吃的呀？陶然侧身往张佩的饭钵里探看。

昨晚上剩的，张佩像建筑工人搅拌水泥黄沙一样把饭勺在钵里一通乱戳，挖了一坨填进嘴里。

喂，张佩，我这儿有大闸蟹，边说边打开手中的袋子，取出一只塑料饭盒，揭开，里面叠着四只体健貌端的红螃蟹，香气一下氤氲开来。陶然拎起其中一只丢到张佩钵里。

哇，这么大，张佩叫，你很奢侈哎，还说花不知谁送的，人家还请你吃大餐了吧？

瞎猜个什么呀，陶然对她蹙眉，喂，你小声点，拢共才这么几只，都招来就吃不转了。

谁那么慷慨请你吃大闸蟹？

我娘，我娘昨天才从老家来，背过来的。陶然开始吃饭一边说。

从老家把螃蟹……背过来？张佩结巴地问。

是呵，不远千里，从遥远的家乡来到南中国，陶然笑，跟白求恩一个精神，我娘好吧？

是呵是呵，张佩忍不住大笑，连形象都那么相似，都是打着包来的，人家白求恩背的是药箱，你娘背的是一兜子螃蟹，咯咯咯……

不过，张佩笑完换了副正经面孔，继续说，也只有你家乡的大闸蟹才出名，据说饭店客人为了检验大闸蟹是不是原产正宗的，就把螃蟹往桶里一丢，能爬上来就是地道的，爬不上就是冒牌的，说你们那儿的大闸蟹都是打小经过爬陡坡锻炼出来的。

这样子么？陶然还是头一回听说，很开眼界的样子，我们那儿的事我还没你知道，你好渊博哦，不光是消息树，还是知道家。

听你老乡说的，张佩说，真牛叉某次吃饭时谈到这个问题。

哎唷好香呵，仇司令嗅着鼻子走进来，哪里来的大闸蟹？见她二人吃得正香，忍不住吞口水，有没有我的份？仇司令大着嗓门儿问。

喂你小点声，陶然腾出手从饭盒里拎出倒数第二只，扔在饭盒盖子上，推到一旁位置。仇司令喜形于色，捋袖子坐下。

仇司令吃着手里的望着钵里的，贪心地说，那最后一只，没人认领就让它从了我吧？

凭什么？张佩不客气地臭他，你以为你总部来的就能多吃多占呵？

仇司令是公司著名闲达，闲即空闲、清闲，指他的工作。他是总公司安插在子公司的财务督导，在公司同仁眼里就相当于一个卧底，除了工作需要指手画脚编排人，正经活儿都不劳他动手，SO，他有大把时间上网。达即发达，他拿得不少，据说某副总是他堂叔。

白瘦嗲进来找张佩，陶然马上对着她指指最后一只蟹，示意她坐下来吃。

多谢多谢，白瘦嗲抱拳相谢，我就不用吃啦，昨晚过足嘴瘾了……消息树等下回前台帮我把那叠材料复印一下，印两份，拜托啦！

哦，好，张佩冲白瘦嗲点点头，待白瘦嗲一离开，立马议论说，人家白瘦嗲有的是钱，想吃啥吃啥……看看，嫁一个有钱老公的重要性和优越性这时候就凸显出来了吧。

张佩我要鄙视你了，仇司令狠狠剜了一眼张佩，你这种不健康的婚姻观是非常有害的，金钱是万能的么？……显然不是，仇

司令把一只剔空的蟹钳往一堆残骸中潇洒一抛，正待旁征博引用语言痛殴张佩，好爹携真牛叉恰在此时来到小会议间。

原来都躲这儿吃好吃的呀，好爹说。

好爹，陶然把最后一只库存推出来，说，储备严重不足，实在无法满足人均一只的需求量……你能和牛叉在睦邻友好的前提下共享这最后一只大闸蟹么？

I do. 好爹回答。

I do too. 真牛叉回答。

但当他俩真坐下来准备开吃时，形势又发生变化。

牛叉说，好爹，还是你吃吧，我老家的特产我选个好日子回家还能吃上。

好爹本来都准备下手了，临了又把手放下，哎，不行，我都是孩子爹了，哪能跟孩子她叔争东西吃。

仇司令看得眼里都要冒火了，叫道，都别吃了，给我吧给我吧，省得你们弄脏了手，真的，这东西腥气挺大的，我一个人默默担当就行了。

8

陶然下班按时回寄住的姐姐家，踩着熟悉的楼梯，刚刚攀上所属楼层，就见姐姐产权下的房子，防盗门叭嗒一声被推开，跑出一个背工具包的陌生男子。陌生男子擦着她的一侧匆匆下楼。陶然马上验证门牌，门牌被过年的对子给盖住了，她赶紧转头看对门，对门邻居审美另类，防盗门装的是全封闭朱漆大铁板，朱铁板赫然在立，证明不可能是她上错了楼道。

陶静出现在门槛处，正欲拉合防盗门，看见陶然，停了手等她进屋。

刚刚那男人是谁？陶然弯腰脱鞋边问姐姐。

谁？陶静问。

就你屋里刚刚走出去的。

哦，陶静怔了一下，旋即明白了妹妹的所指，你当是谁呵，难不成是你姐姐的姘头……上门装宽带的，以后你在家里也可以上网了。

这次怎么就舍得了？陶然问，不是一直嫌贵的么？

发现自己太落伍了，陶静说，前天跟人通电话，挨了顿糗，说你连博客什么玩艺儿都不懂不要跟我对话，妈的，不就是上个网么，又不是神舟上天……刚巧电信局推出优惠套餐，1440 元包一年，我二话没说就申请了……不懂的地方你要指导我呵，让我尽快入门。

没问题，陶然说，简单得很，包管一晚上你就全会了。

帅帅呢？我娘呢？陶然在屋里转了一圈，问。

楼下玩去了，陶静说，晚饭都备好料了，等你姐夫回来前开炒。

下午打电话给雅仪，陶静说，让她没事过来吃晚饭，她说在广州，也没个正经事，成天不知在外面瞎跑什么。

哎，陶然问，上次你给她做的媒怎样子了？

没戏，陶静说，互相不对眼……人怎么都那样子呢，自己条件也不好，还一味看不上人家？

如果轻易就能成功，陶然说，也不用蹉跎到现在了。

那也是，陶静说，不过赵雅仪好像正在跟人热恋。

是么？陶然问。

基本不会错，陶静很有把握地说，但估计还是个不能给她婚姻的主儿，不然她也不会答应相亲。

电话铃响了，陶静跑去接听，三言两语就挂了电话，跑进厨房扎上围裙，一会儿又举着柄锅铲跑出客厅，对陶然说，帅帅爸就回来吃饭了，你去楼下草坪把妈叫上来，妈做的蒜瓣鱼才香。

9

赵雅仪在夜风中吸着鼻涕吃完一坨毛重八两的烤红薯，随着肠胃的充实，内心的悲伤削弱了几分。她沿着福华路径直向前，路灯打在她的脸上，树枝在她脸上剪成阴影，旁逸斜出，次第而过。

她看不见自己的脸。她看到的是别人的脸，与她相向的、同向的陌生的脸，这些平板的面孔无悲无喜，枯燥乏味，释放着同一种精神气质，冷淡、凝重、凄惶，在白炽灯的掩映下显得灰败而绝望，仿佛被慢性病折磨已久。

众生皆苦，不独就你苦，她在沉默中与自己对话。先前那些蓬勃的悲伤进一步瓦解、平复。她伸出一根手指，抠开坤包的外口袋，想从中找出一张擦手用的面纸。刚刚她一手执薯一手剥皮导致十根指头均受到不同程度的污染。她从拉开的坤包夹层，目击到一片过于干瘪的纸巾外包装皮，够到手中，果然是空的，微一迟疑，她索性学猫科动物，用舌头把十根指头悉数舔了一遍。

赵雅仪爬上一辆大巴。这大巴她熟悉，来往皆要穿经她居住的城中村，终点是深圳著名的门户景点世界之窗。车厢内环境宽敞，有限的几名乘客像一盘残棋散落在青灰色的硬座上。赵雅仪表情木然地坐下。

她的手机响了，响声打破车里的寂静，她能感觉到那一颗颗寂寞的心在一刻间仓促聚焦，都在不动声色在向她张望。她立刻就生出一种表演的欲望。

电话是许志安打来的。许志安虽然与明星许志安同名同姓，却显然缺乏星运亨通的祖上庇佑，名利双不丰收，有史以来都只混个温饱，脸儿熟个自家亲友团。赵雅仪如果按下手中的接听键，就是接听了一个长途电话，许志安此刻在遥远的老家，北方一个有漫长冬季的小城。他是一名不优秀体育老师，有着体育老师常有的挺拔身材，脖子上长年吊着哨子，有节律地吹着一二一，工作都在户外，风吹日晒使得他皮肤黝黑。

许志安在赵雅仪生命里是个无法定义的人物，这从赵雅仪对其时好时劣的态度中可以取得印证，逢到她有心情，她可与他打情骂俏，回顾流年往事，她也可以一语不合即破口大骂。她可以说这个男人毁她一生，她也可以说这个男人成全了她做女人的最好感觉。

喂，赵雅仪还是接了，手机举在耳边，表情是勉强的，什么事？

许志安没什么事。他从来就没什么事。他的人生同样残缺不全，没有常人当有的相似的幸福元素。北方那个闭塞清寂的小城，人们习惯于天一擦黑就洗洗睡觉，作为一名曾在沸腾如麻辣烫火锅的南中国浸泡过的身强力壮心思活络的一代猛男，他很难捱过就寝前那段颇为苦闷压抑的无聊光荫，难免要陷入回忆，赵雅仪正是他回忆里的硕果仅存，他且有她的电话，虽然十有八九是自讨没趣，但他还是心存侥幸地想讨个有趣。

对，刚从广州回来，回群星……下个月要去一趟北京……赵雅仪嗓音条件良好，语气平和温善，她以赏心悦目的知识丽人的正面形象树立在与她素昧平生的众乘客面前。

赵雅仪临场发挥，把自己目前的大好形势简明流畅地予以概述，与其说是在对着电话里的许志安开讲，勿宁说是在表演给车厢里的乘客看。表演，即兴表演，越来越成为她缓解内心焦灼挫败失意无助孤清绝望的有效与重要途径，她从中获得快感、慰藉与一刹那的虚荣自满，FOCUS，她是。她要感谢公交公司，给了她自由发挥的舞台，她要感谢手机的发明者，使她的表演真实自然有理有据有名有目，她最要感谢的是以公交代步的众乘客，他们多来自社会底层，清贫拮据无房无车，对金钱财富达官显贵高山仰止，正是反应自他们眼底的无声的自卑与艳羡直接把她送达了自欺欺人的快感高潮，她是如此迷恋自说自话自编自导自演这浑然忘记自我的一刻。

赵雅仪翻看着手机的通讯录，跳到莫训青一栏时心脏一阵刺痛，她爱的男人，历史上的今天，她爱的男人代号莫训青。然而此刻，他是不能被惊动的。他跟她说起过，他的太太对他从来不疑有二。他一开始就没有对她隐瞒篡改过他的个人资料，而她一样选择与他明修栈道暗度陈仓，把人前的彬彬有礼拓展至她之闺房床榻。她醉心、执迷，在与他共同营造的温柔乡裹足不前、长醉不醒。

赵雅仪的情绪无可回避地跌入低谷。她选择了提前一站下车，拐进百佳超市买了瓶红葡萄酒。神经麻醉一下，睡觉会比较容易。

提着马克袋走到住所的巷子口，她的手机又响了。她看清来电，竟然是于天拓呼她，她嘴角泛起一丝嘲弄的笑意，稍稍迟疑，还是接了。

于天拓就是陶静出面为她介绍的中年商人。该中年商人具备了一个标本型中年商人的外貌气质、包装风范及言谈举止，此外还有属于他个人的显明特征，谢顶。

赵雅仪对于天拓的心无善念源自两点，其一，于天拓长相过于庸常，头顶还那么凉快，这与她一贯对帅哥青眼有加的个人爱好严重不符；其二，就这么一坨雅堂难登之物，起码的礼貌都不懂，公然漠视她的存在，相亲当晚就没正眼看过她，都不知他跟谁相亲来的，据说后来双方媒人还发生了颇为剧烈的争执，认为各自推荐的人选都要比对方优胜、成色好。皇帝不急急死太监真是。

喂，赵雅仪这声发音处理得很好，充分印证了无欲则刚的真理。换个处境她完全有可能不接电话，在她的通讯簿上，那些经伊考证，为伊确认，与伊的生命生活生存生产不具备发生关联潜质的事物，她会选择让他们在沉默中消亡。她也常常傲慢无礼不屑答理懒得哼哼，但她此刻正值失意，充满了不知所终的惶恐，就算是只狗唤她她也会应的。当然，不少女同志本身就对狗母爱泛滥，但她赵雅仪不在此列。

半个小时后赵雅仪进了某娱乐城烟雾缭绕的 KTV 包间，于天拓与三个跟他气质接近的男人包围着一个体积较小的男人陈列在枣红色皮沙发上，座中嵌着两个性感妖媚的坐台，五男两女，搭配局势模糊。

赵雅仪走进去后，仅有一面之缘的于天拓马上抬起屁股离座接驾，亲切得如同多年故交。

来，小赵，认识一下，这位是……

赵雅仪被安排在小体积男人旁边坐下后始知，对她不抱兴趣的于天拓这时候呼她，断不是趣味有所变异，不过是从她的家乡

来了某局座，某局座即为座中这位矮脚虎，而这位矮脚虎自称爱
好音乐，尤其爱好管弦，精通乐理，这高雅的趣致让负责拉拢腐
蚀以便日后用他的于天拓一时无措，电光火花一闪之际，记起媒
人说起过的，赵雅仪曾是位音乐教师，不仅有乐理造诣，且模仿
蔡琴足以以假乱真。

赵雅仪在度透于之用心之后并无不甘恼怒，她何尝不是抱着
玩乐的态度前来？管他娘龙潭虎穴谁是谁非，她只图免费一醉。

赵雅仪最后以人事不省的面貌结束了对这场飞来娱乐的参
与。他们为她在小体积郑局下榻的酒店单独开了房，把她扔在里
面，她醒来时周身完好，衣服没脱，更没有可疑的分泌物。

有关当晚的细节，她能记起的就是她在狂歌，她在牛饮。她
其实不甚酒量，但她姿势狂放且面带微笑，让人误以为她很能
喝，经常喝，是天生神经坚强酒精奈何不了的女人。谁能想到一
个临时被叫来助兴的，曾经执过教鞭的，又绝非无知少女的她，
最后会让自己在一堆生人面前像一只中弹的麻雀一样一头栽倒？

她先唱了很多首歌，感伤的忧郁的失恋的被抛弃的单相思
的，一首首失败者之歌无疑暗合了她彼时的心境，在他们眼中更
奠定了她迟暮美人的悲剧效应，她看上去像挨男人骗了108次甚
至以上。就有那么些女人，经历坎坷情伤累累就是不懂吸取教
训，爱情在她们生命里就是一场场被伤害辜负惨淡收场的宿命。
在最开始她也唱了不少显示唱功的民歌，比如《走进新时代》什
么的，最撕心裂肺处她也能游刃有余地飙上去。她能记起的有蔡
琴的专辑，她把那专辑一首一首地唱过去，从头至尾，第一首
《你的眼神》就把他们震住了，其中一个阿伯坚持说她发出了海
豚音，小小包间后来就成了的她个唱会，他们点，像要求一个酒
吧驻唱歌手一样，报上他们心仪的曲目。他们都不年轻了，点的

歌她基本都能唱，而她如果唱《猪之歌》《发如雪》《黑色毛衣》《披着羊皮的狼》这些新时代歌谣，无疑也不能调动起他们的积极性。如果不是她后来喝醉了，醉得毫无保留，这应该是一场皆大欢喜的集体记忆，可实际情况是她完全醉了，这一醉，各相关人员不免心中各有丘壑，结论变成一个万花筒折射出的世界镜相。

后来由小体积郑局主张，其中一个力气较大的阿伯作为，把绵软如海藻的赵小姐扛进汽车又扛进酒店丢在床上，怀着处理一起突发性意外事故的心态安顿了她。男人们怀着不可思议的表情离开了。

10

喂，长腿，长腿长腿，奶奶的……张佩见唤不回脚步匆匆疾去的陶然，就冲她后背丢过去一句国骂，没想这句骂却起到效果，陶然一下定住小跑的肉身，回头反骂一句，你奶奶的，我都快要忙死了，哪有……没说完就听到自己位置上的分机又在急促地呼叫。

通常星期一都是最忙的。要出货，要催单，要核销，要出席例会，要做报表给财务，还要上请示下汇报，应对7788各路意外突发事故。这个公司的组织构架有着非常与众不同的造型，号称以军事化管理模式纵向展开。公司每确定一个重要客户，就会形成一个专门针对该家客户的独立部门，负责与之往来互动一切相关事宜。陶然这次跟进的是一单工艺品的出口转内销业务，流程繁琐细碎，平常这些活儿干完，还能够捞点儿空闲劳逸结合一下，添了双休滞留下来的两日积压，工作量就翻了两番，她的星期一，至少上午半天，就是一头驴子的化身。

忙到中午，才得片刻消停，陶然主动搬上盒饭，去前台跟张佩示好。根据以往经验判断，她料想张佩是攒着什么好 8 要找她 818 吧。

公司有规定不允许在前台吃快餐你不知道么？张佩还在复印机上忙碌，见到陶然，没事找碴地掷过来一句。

那么讨厌我那我就走了，陶然装作转身往回走，见张佩没反应，又回过头说，喂，你不是有好话要跟我说的嘛？

过期作废。

作废了也倒出来我听听嘛，我不嫌的，陶然说，我在小会议间等你呵。

陶然从一旁饮水机上接了两纸杯水放在桌上，张佩端着自带的饭盒走进来。

有荷包蛋，要不要吃？都坐下后张佩问陶然。

吃蛋黄，陶然答。

张佩气呼呼把蛋黄夹给她，我也爱吃蛋黄，早知道就不问你了。

长腿，张佩忽然郑重地喊了声陶然。

陶然拿眼睛无言地望着一脸正经的张佩，静待下文。

我想请你帮个忙。

说呵……不是帮忙再吃一个蛋黄吧？陶然讲笑。

唉算了算了，张佩忽然又一副不谈了的样子，扒两口饭，含着食物鼓着一双牛眼说，我本来很有向你倾诉的欲望，结果你一上午都公务繁忙的样子，我就靠我一个人的力量，想呵想，想呵想，任督二脉基本通了就。

嗬，陶然短促地冷笑，你就别故弄玄虚了吧，你抖出的包袱砸中过谁呵？

这回不是啥包袱，是鄙人自个儿的事……你昨天干嘛了？张佩问。

没干嘛，就在家三饱一倒，安享静好岁月……你呢，哪里潇洒去的？

一觉睡到自然醒，张佩说，下午被仇司令叫来加班。

让你加什么班？陶然问。

前天我给他代收的特快专递，锁在柜子里，他急吼吼地让我过来拿给他。来都来了，索性多呆几小时，混个加班……晚上还让仇司令请了一顿，小火锅滋味好极了，回头我请你去吃。

好呵好呵，陶然灿笑，一定赏脸。

唉，长腿，本来我是很想跟你谈谈我的体己话的，一打耽搁我倒觉得不便讲了，但是不讲我又心里痒痒，你说我是讲还是不讲呢？

讲，陶然说，憋着不好。

唉，还是不讲吧。

怀春啦？陶然激将，以为张佩定要反嘴奚落地，没想张佩竟只是把嘴角撇了撇。

11

陶然下班前接到姐姐电话，让她顺路带两块嫩豆腐回家，她依言行事，下车后拐进超市，选了两块白嫩嫩热腾腾的水豆腐提回家。

雅仪姐姐！陶然激动地叫起来，怎么也没想到开门的会是赵雅仪。

赵雅仪也相当兴奋，笑容深得恨不能刻进骨头里去，俩人在玄关处就展臂拥抱了。

好了好了，陶静出面调停二人的你浓我浓，挥着手让她们沙发上坐着去。

去厅子里聊个够吧……我做酿豆腐很慢的，要剁几种馅，离开饭还早呢，陶静说着钻进厨房忙去了。

为什么这么久都不来玩？陶然问。

上回来过一次，赵雅仪说，你不在家……我也是刚跟你姐姐联系上没多久，她以前的电话都换掉了，结婚后搬了新家我就更找不着她了。

她也真是，陶然责备姐姐，换电话也不通知你一声。

也不能全怪她，赵雅仪解释，我自己有段时间跑去广州了，她可能也联系不上我，所以就这么失散了，哈……你还好吧？你真是越长越漂亮了，比你姐姐漂亮！

你才漂亮呢，陶然马上回夸，当年就美得赫赫有名，唉，我小时候对你的那个仰慕呵，那叫一个海水不可斗量呵。

赵雅仪兴奋得大笑，摸着自己的脸说，可是我现在老多了，已经和漂亮沾不上边儿了。

哪个说的？陶然嗔怪地看她一眼，更有成熟女性的美了。

你这小丫头，赵雅仪说，嘴真甜，必有美好未来！

我未来如果好，陶然认真地说，我一定好好回报雅仪姐姐从前对我的好……我都记得的，由衷地记得，那些……难忘的过去，雅仪姐姐，陶然眼神往厨房的方向闪了闪，再说，雅仪姐姐曾经比我的亲姐姐待我还要耐心仔细照顾……小时候我姐姐在妈妈的勒令下给我梳辫子，老是乘机扯我的头发泄愤，雅仪姐姐每回来家给我梳辫子，总是摘下自己头上的发夹头绳的给我戴上，我至今都还记得那两根红缎带做的蝴蝶结，她是我童年最珍贵最豪华的礼物之一！

难为你还记得这些，赵雅仪显然没料到陶然的这番话，一时大为感动，鼻子发酸，眼眶潮红，我从没想过，你是这么有心的女孩子……

陶静扎着围兜跑进客厅，从酒柜找出一袋白砂糖，顺路说，雅仪晚上就住这儿吧，跟然然睡跟我睡都行，吃过饭我们三个去酒吧坐坐……家庭妇女了这么久，都不知酒吧为何物了。

跟你睡？陶然马上提出疑问，你床上方便么？

有啥不方便的？二女同事一夫古已有之，何况现在还流行群P呢？

哇靠，陶然惊叹，你进步真快，才上两天网，连群P都知道了，难不成你都在钻研这个？

谁钻研这个了？陶静显得没趣，翻出一大片眼白解释说，跟我以前的同事在网上聊天，刚好撞上这个知识点，就顺便学习了……难道我注定就只配做一本古墓遗书？

当然不是，只是你也不要进步太快，会慌到我们这些周围人士，陶然说，转头看看挂钟，这屋里其他室员呢？怎么都还不见影儿？

都去帅帅奶奶家了，陶静回答，帅帅奶奶要找帅帅外婆拉家常，约了去她那里住一晚，我一想正好可以约雅仪来家鬼混，哈……陶静扮个鬼脸转身步入厨房。

听她说得太方，陶然在雅仪面前拆陶静的台，学着陶静刚才的口吻说，我们三个去酒吧坐坐……噢呦，我还不知她什么人呀，最多去那些不收茶位费的西餐厅坐坐，嫌人家饮料贵，自带又是被禁止的，最后就点一碗例汤打发人店家，回头还要说人家这碗汤赚她多少利润，回家自己煲成本只要多少多少……

哈，赵雅仪大笑，她可懂得持家了，娶到她是你姐夫福气。

哼，你以为她全面贯彻节俭呀，她做美容可舍得了，往那上面投资，就叫这个杀手太不冷。

这一点我倒赞同她，赵雅仪微笑着说，你还小，没到恐慌的年纪，不能体会青春流失带给女人的心悸，打击是相当沉重的……女人往自己身上投资是很有必要的，也是负责任的表现，你可要记得，一过25岁就要加强对这一块的养护。

一定谨记在心！陶然宣誓。

哗——，俩人同时大笑。

12

爱一个人需要理由么？张佩在线上问陶然。

不需要。陶然一边制表，抽空回复她。

依据？

无缘无故的爱才是浑然天成不含杂质的。

中午吃饭时，陶然问张佩，你是不是爱上嘛子人啦？

唔，不知道，爱可能言重了，张佩咬着筷头说，可能用喜欢这个词目前比较确切，严重地喜欢，没事儿就想着他。

那就是爱了，谁呵？肯定不是我们公司的，你一早说过华威就没你看得入眼的，好多就一杂货铺老板化身，仇旭源还没发育完全，汤家杰像变态前的恶补高考青年……

你两个又在给人编排绰号了是不是？好爹跑进来，摇晃着脑袋痛心地说，你们小学老师都怎么教的？我早年以优秀的成绩从小学毕业，犹记那学生守则里最重要的一条就是，不给同学起带有侮辱性绰号，呵？

是呵，你说得没错，我也记得！陶然睁大一双无邪的近视眼回答。

那怎么还明知故犯？唉，可见中国的教育都是肤浅的，形式主义的……痛心呵！

我们没有起带有侮辱性的绰号呵，我们起的都是弘扬的、讴歌的、赞美性质的……我们还注意特色，使每个人都明白自己是唯独的一枚树叶，一只与众不同的鸡蛋。

出去吧出去吧好爹，张佩挥着手往外驱赶好爹，这儿没你什么事，哪边热闹插哪边去，呵？

气星——！好爹拖着长腔扔下一句，绝尘而出。

说哪儿了？张佩侧着头问陶然，哦……那我们公司你有看得上眼的么？

怎么没有？

谁？张佩紧张地问。

每个人都很顺眼呵！就说真牛又汤家杰，术业有专攻，高大又威猛，电脑高手 IT 精英，挣得不少花得不多，做了谁家女婿谁家丈母娘都得延年益寿；再说好爹，稳重善良，重情爱家，儿女情长，工作严谨作风正派，实乃标准版之新好男人也；仇司令仇旭源，那就更是一个万里挑一的妙人儿了，耳聪目明眼疾手快，秀外慧中活泼可爱，有着蜡笔小新式的顽童心性，又有举重若轻的男儿风范，虽然有一个当副总的亲戚罩着，却能始终如一谦虚谨慎、不骄不躁，如果我是他妈，我会由衷欣慰自己身上结出的这粒硕果；还有……

行了，张佩打断陶然，如果我是猎头公司的，我就把你挖出来送去《人物周刊》当采编，你不当吹鼓手真是暴殄天物……我就奇怪，既然这么多上好人选，你咋就不为自己挑一个的呢？

兔子不吃窝边草嘛！

少恶心了吧，张佩嗤之以鼻，男上司不泡女属下才叫兔子不吃窝边草，你算老几？你就是想友情出演，也是根窝边草的份儿，几时轮到你来做兔子了？

好吧，我说我爱伤了行么？我不相信爱情，我也不需要爱情，我对爱情的向往可以通过观看韩剧来得到满足，而我本人，不需要再亲历那种爱怨交加的失心疯了，我觉得没有爱情的时光，虽然也会有点寂寞，但总体来说是平宁静好的、美容养颜的……我高小开始就盼望长大，只为能不受师长干涉正当恋爱，等我真的体尝过爱情，我则信了那句话，爱情，它不是一碗好药，能不饮，就不饮。

你要走白日梦的路子？张佩讶异着眼问，白日梦都宣布和平演变了，都委托大家伙儿有合适人选要关照她了……我从来不知道，你原来有这么明确的指导思想……真的是老母牛跳楼——牛逼死了！

天呐，这种糙话你也敢说，陶然震惊地刮了张佩一眼，也不怕损伤你淑女的形象？

谁喜欢淑女呵现在？张佩尽管这么说，还是警惕忌惮地向门口望了望，转回头，再道，淑女横行的时代已经结束了，现在热门的是飞女、痞女，什么话都敢说的女孩子才叫帅气、率真、可爱……你要独身？

谁说要独身了？陶然反问，过两年再说，这会儿先逍遥逍遥，年纪到了不谈恋爱直接结婚也成……结婚算什么呀，不就是搭伙过日子嘛，我姐姐跟我姐夫就是极好的例子，各取所需各司其职，相当圆满。

遇着一个你心动的人，张佩说，你不想去爱又身不由己的那种，什么指导思想都白搭……喂，长腿，你说我们公司吧男的也不少，没结婚的也有好几个，怎么从来也没人向咱俩献献殷勤的，难道咱成色不好？

成色太好了吧，陶然一副轻薄自恋的嘴脸，说，他们统统属于保守派的，没把握取胜就退后观望。你等等，总有人会把丘比特之箭瞄向你我的。

我没有你感觉好，张佩说，我是很没自信的人……哎，能不能委托你一件事，帮忙打听打听，就我们公司的这帮男的中，有没有对我有特别好感的，已婚的不算，我二十岁就立下志向，不做第三者。

你打听这个干嘛？陶然问。

鼓励一下自己嘛，通过别人对自己的肯定来肯定自己，省得老觉得自己没魅力没人追，张佩说，你取证时不能太明显太直接，你要装作不经意地，顾左言右地，最好是暗访，当然这种事暗访操作起来有一定难度，你还是直接向受访者打听好了。比如说，你问到仇司令时，你可以先举一个事例，比如我怎么把自己也爱吃的煎蛋黄硬是让给你，我怎么在下雨天把伞让给好爹，让他不耽误回家抱女儿……把我表扬一把，然后装作很随意的样子问他，哎，你觉得张佩这女孩子怎么样？然后在他回答时，你再循循善诱刻意引导，导出我们想要的答案，这样，我在他心目中的美誉度就能勘查个大概啦。

好吧好吧，陶然爽快地答应。

张佩见事情这么快就搞定，又有些不放心，对陶然察言观色一阵后问道，你会不会觉得我太可笑了？或者认为我变态了？

什么呀？陶然含着饭，腮帮子鼓鼓地白她一眼，说哪儿去了，不就图个好玩儿么。

谢谢，谢谢你这么理解我，还帮助我，张佩激动地捉住陶然的一条胳膊使劲一摇，把自己吃了一半的饭盒哗啦一声掀翻在地。

13

陶然下班回到姐姐家，踱着方步在各间屋子里巡视，一圈后，来到主卧室，陶静身穿阿凡提大叔版条纹睡衣，坐在梳妆台前上网聊天，见到陶然进来，把对话框隐了，抬起头，笑容空洞兼带羞赧，说，无聊，上上网，一下午就过去了。

哦，你在聊天呵？陶然说，加我吧，这样白天有什么事可以在网上留言。陶然说着夺过鼠标着手操作。

你知不知道哪儿有摄像头卖？陶静问。

电子市场、电脑门市都有，你要跟人视频？陶然好奇地问。

对呵，陶静大方回答，过去那帮同学，大家约了看看各家的孩子。

屋里其他人呢，怎么又没在家？陶然问。

我没准备晚饭，陶静回答，天天做饭有点烦，让他们到楼下餐厅吃去了，你也去吧，估计他们还没吃完。

陶然研判地看着姐姐，都说上网危害大，迷上了就像一头栽进一眼大黑洞……你是不是着迷上网，没心思做饭了？

少放屁吧，陶静粗口抢白妹妹，好像我一年到头就是做饭的命，我不能给自己放放假么？你姐夫都欣然接受这个事实了，要你在这儿挖掘什么根源？就算我爱上上网也没关系，上网是光明正大的生活消遣，还长知识长见识……不过我今天不是为要上网怠慢做饭的，确实感到没什么做菜的热情，都是老一套，我做厌了你们也吃厌了。

谁告诉你我吃厌了？陶然转向客厅，尤其吃不上的现在，我更怀念那一饭一菜的香气……唉，我好失落呵！

跟你说，陶静忽然神秘兴奋地把陶然叫回头，我刚认识一个帅哥，可以毫不夸张地说，帅得惊动了党，比你姐夫造成的视觉冲击至少上两个台阶！

你想干嘛？陶然问，网上认识的？

是呵，陶静灿烂地回答，我初步觉得他诚实可靠，有涵养，是传统型的青年，通过进一步接触了解，如果我仍然能得出以上结论，我就介绍你给他认识，我想他会是我不错的妹夫人选。

陶然做一个晕死状，卖糕的，你饶了我吧饶了我吧，如果你觉得帅哥养眼，自己养养眼也就罢了，千万不要拉上你家老妹子当垫背的，我不感激你这么为我着想。

你也不要老这么眼高于顶的，陶静教训妹妹，家慈大人今天严肃地问了我，你有没有人在谈？……你以为你还小呵，你这时候不谈，过了季人家给你介绍的也都是些短斤缺两的，不是这儿有毛病就是那儿不得来，赵雅仪活生生的事例还不足以让人警醒么？

陶大姐，陶然忍耐地面向姐姐，不客气地说，能不能收起你悲天悯人的闲情逸趣，你凭什么老是一厢情愿地认为赵雅仪过着生不如死的生活？凭什么总带着莫名其妙的优越感，用居高临下的姿势口吻俯视点评人家的功过是非?

陶静又惊又气,没想到妹妹为了赵雅仪,连姐妹情都不顾,这么炮轰她。

我过得比她好,这是显而易见的,片刻后,陶静强硬地回敬妹妹。

嗬,陶然不能苟同地冷笑一声。

这冷笑让陶静觉得深受侮辱,不但不尊重她,连她的好生活也一块儿否定了。她也不示弱,用挑衅的口吻反问妹妹,不是么?

当然不是! 陶然毫不留情地予以否定,谁比谁好多少? 统统都在过日子,冷暖自知……你可以坚持你的优越感、幸福感、胜利感,但要适当节制一下你的同情心。

门铃响了,陶然跑出去开门。

妈的,白眼狼原来就在我身边! 陶静大声愤慨。

14

盼望着,盼望着,

五点钟的脚步近了,

下班的钟声还会远么?

陶然坐在电脑前,一面敲击键盘,一面焦急地等待下班,一面默默吟诵着自创的革命小诗。赵雅仪约她晚上去吃海鲜自助,她中午就开始节食了,忍着饥饿咽了一下午口水。她频频观察着电脑屏显右下角的计时器,分分秒秒都是在她的监视下流失的。在她眼珠一轮的间隙,就见一条笔直的裤筒赫然在侧,索着裤筒往上看，看到白日梦沉痛的一张脸。

白日梦过来传话，晚上总公司的领导来开会。公司早在风传人事变动，请谁下课又有谁将得蒙主恩，想来这事是当真被提上议程了。

五点一到，陶然打个电话给赵雅仪，说明情况，然后约了张佩去写字楼后面的食街吃饭，在八大碗坐下后，点了一个二人份的工作套餐。

烦，陶然喝下一口水吐出一个字。

烦什么？张佩问她。

世上最烦的事就是工作，陶然无奈又愤怒地说，工作里最烦的就是加班，加班不能在家加，要留在办公室加更是烦上加烦；加班竟就是开会，开这种不着四六的狗屁大会无疑就是把人拎一块儿集体郁闷，好像嫌我们上班时间还没有郁闷够似的！其实这种会跟我们这些小职员又有什么关系？无非是听众席上的一个道具而已，要不建议公司糊点纸人算了。

是呵，开会太寂寞太无聊了，张佩深表同感，比坐前台还要犯傻，不能做小动作，不能看书看电脑，要强打精神正襟危坐，闷得要死也要装成洗耳恭听的样子，有心加官晋爵向上攀爬的仁人志士最好还要配合做一些凝眉、深思、恍悟、微笑、颔首、醍醐灌顶、豁然开朗等一系列动态表情演绎，哎呀，想着都累！

张佩，陶然认真地看一眼同事，你料子不俗，不应该在前台屈就的。

我什么料子不俗呀，张佩不以为然地说，作为一块好料子的配备我一样没有。

你哪儿欠缺了？

比如学历，张佩说，我只有高中毕业。

不会吧？陶然是真的感到诧异，你看上去那么有学问，怎么会呢？

但事实我没进过大学门，高中毕业就出来混的，最初在工厂坐流水线，我还当过拉长呢，哈哈，张佩自嘲地大笑，我刚进工厂时把前台文员看成是上流社会的人物，想自己能坐上那把交椅，愿望也就到顶了。

哈，陶然大笑，你后来没参加自考？

唔，说来惭愧，几次自考都半途而废了，现在也没那兴头了，张佩目光警惕地四下望望，压低嗓门说，找贩子做了张假的，跟真的一样，不过还是心虚，找了个最偏僻的地儿藏着，轻易不拿出来……我现在只想学一门又实用又吃香又好学的技能傍身，坐前台也是打的这算盘，活儿少时间长正好用来自学成才。

哦，陶然应她，是个有理想的青年嘛。

千万别这么说，会叫我羞愧死，我从来都是个有理想的青年，一直有理想，理想始终高悬在一丈之外，跟我的现状没有发生过关系。

她们要的套餐送了上来，饭是分开装的，一人一碗白米饭，两小盅例汤，一荤一素两个炒菜，几片红瓤西瓜七八粒圣女果拼装在一只玻璃碟子里，价值28元一份的二人套餐就全部在此了。

掰开一次性木头筷子，茶水里涮了涮，两人开始埋头就餐。

张佩说，晚上的会也不知要开到几点？

早不了，陶然嚼着油麦菜梗子，根据以往经验预见，黄副总主持召开的会议素来又臭又长……真是讨厌死了，听他唠叨不算，回头公车没了我还得自费打的回家。

你住太远了，张佩说，龙华有什么好的，你要天天往那儿赶？还不如在公司附近找间房。

正在洽谈中，陶然说，我娘一直反对，认为我只有住在我姐姐家里才是最安全可靠经济实惠的……实惠个屁呀，我得把这笔账算给她们听，早上上班，起晚了，堵车，怕迟到只好打的，正常情况 40 元，中午吃快餐 10 元，如果同事 AA 制去酒楼改善生活一般是 30 元，拉扯一下每餐 15 元；晚上碰上加班，吃饭打车再花去同等数值，我的日工资是 100 大元……我上班是为了什么呢，难道就为了打车出来吃盒饭，或者为了凑几个人头去酒楼 AA？

你的钱主要是浪费在打的上了，张佩说，打一天工挣到的一早一晚全扔给了的佬儿。

所以呀，搬家是当务之急，是迫切需要解决的民生问题，陶然目光坚定，你帮我留意着，看着公司附近哪里有吉屋出租的？

你可以在公司内部网上挂个贴士，寻求合租，转租，经常有人在上面倒买倒卖的，成交率……

张佩倏然收声，瞳孔放大，瞪视着某个斜角。陶然索着她的视线望去，但见一只灰毛硕鼠在通往操作间的过道上闲庭信步，小眼睛黑豆子似的朝她们的方向扫了一圈，其落落大方仪态万方的姿容——好莱坞如有角色需要，都不妨请它一试，奥斯卡说不定还能颁它个最佳动物表演嘞，到时候不知该给它穿西服，还是穿布料子极其节俭的晚礼服。

怎么样，要不要尖叫？陶然目光如炬地盯着老鼠，问，要不要找部长来谈谈这个问题？

那灰毛鼠好像听懂了她们的话，也愿意挺身而出作为呈堂证供帮她们一把似的，竟不肯从她们的视线里消失。

算了吧，张佩想了想，说，叫了也不会给咱们打折的，又不比碗里吃出一只小强来，证据确凿，还能再上盘。

我不想吃了，陶然把饭碗推开，我骗不了自己，说那老鼠跟我们面前的饭菜没关系。

不吃就不吃了吧，也吃得差不多了反正，张佩说，我就不像你，活得那个仔细，我完全能做到视而不见。有一次我在自己家里吃饭，发现一条菜青虫，为了不影响其他人的食欲，我就没有声张，悄悄把菜虫挟到碗边搁着，预备等吃完饭再偷偷拨进垃圾桶了事，后来吃着吃着我又把这事给忘了，吃完饭再想起来时，碗就是一只空碗了，那条高蛋白的东东早不知随哪口饭咽肚子里去了。

呕哟，你好恶心，陶然翘起嘴角鄙视张佩，早知道你这么不讲卫生就不跟你搭伙了。

得了吧，你当你就有多干净？张佩毫不客气地打击她，目光朝面前的杯子一戳，这是一只做生意的杯子，进门是客，人尽可夫，你不照样喝水喝得哧溜哧溜地？好像我稀罕跟你搭伙似的，本来都有人请我吃拉面去的，我为了陪你才推了人家的。

谁呵，陶静腆着脸笑，干嘛推呵，不会把我带上一块儿去嘛，我也爱吃拉面的。

何必要我出面让人家请你？你一向面子比我大……喂，走吧，开会要早不能迟到，张佩先站起身，请拉面的是你老乡汤家杰，让他请客你金口一开又何止是拉面这等不上台面的粗粮？至少也得上对面的旺阁吃海鲜。

旺阁与八大碗隔岸相望，是另一番身家气势，店堂前排成一列的大型玻璃器皿里，终年徜徉着非富则贵的生猛海水家族，黄发垂髫并怡然自乐，宛如那戎马一生功勋卓著的夕阳红老干部，在疗养院颐养天年。

15

陶然闪身钻进电梯间。她刚从一个印刷厂回公司。外面，正午的骄阳炙烤着大地，也顺带烤了烤她。一下公车，她就痛心又羡慕地发现别人有伞而她没有，她只能当机立断，选择低下头快跑，以期尽可能减少紫外线对面部皮肤的摧残。

最近她的皮肤已经让她内心警醒。但她很讨厌白云凤爪的惊呼声。白云凤爪总是瞅准一些防不胜防的间隙，把她的面子问题频繁地抛至她的桌面，她基本都是这样导入话题的，老脸挂两个大眼袋凑近陶然，惊呼，我发现你最近皮肤好差嗳，是不是没睡好？我就说女人……我年轻的时候……

这种话说一次就够了，还能往好里想，当你是友情关注，温馨提醒，一而再，再而三地说，致人肺活量上涨，谁他妈有耐心忍着心灵的创痛，次次陪你玩闻过装喜的把戏？

正是午餐时间，公司的 LADY 们少有地全集中在小会议间，盒饭上方都支楞着一颗毛色多样、面色诡异的脑袋，误闯来的男士，统统被喝令阻止。

陶然好奇地凑过去想听听都谈什么武林秘笈，只听白瘦嗲嗲嗲的声音嗲嗲地谈道，刚结婚时可以保持一周三次……吓得陶然立马尖叫着夺路而逃，一头撞在迎面而来的白日梦身上。白日梦很鄙夷地看她一眼，捂着自己被撞疼的一边膀子，责备道，叫什么嘛，姐姐们以现身说法为我们提供婚姻范例，这么有心……这活动是我组织的，你也来听听，没坏处的。

我不了我不了，陶然双手直摆，我先缺一课，今天没让公司

订餐，我得去楼下自己叫餐。

陶然下楼时又有些后悔了，虽然已婚妇女们的大胆发言会让她面红耳赤、眼光不能正视，但她还是好奇的，都是真人真事呵知道。

陶然在楼下的面点王遇到仇司令，他一个人孤独地吃着牛腩面。她欣喜地跑过去，与他合占了一个台子，拿上他的点餐卡去要了碗鲜虾小云吞。

陶然美美地喝着云吞汤，忽然想起张佩委托她的事，斟酌了一下，小心翼翼地向仇司令问道，听说，你喜欢张佩？

仇司令的面吃到尾声了，听到问话，先是讶异地抬头看了陶然一眼，然后坚持把碗里的汤喝干了，不紧不慢地说一句，是她喜欢我吧？

噢，张佩喜欢你，你也喜欢张佩，也就是说，你们互相喜欢？

张佩喜欢我，我喜欢你，仇司令嬉笑着，你喜欢真牛叉，真牛叉喜欢张佩，形成了一条喜欢生物链。

呸吧，真没骨气，喜欢人家又不敢承认，真没担当！

喜欢就追嘛，追没追是士气的问题，追不追得上是水平的问题，没试过怎知追不上的，你说对吧？

我说我喜欢你，你鼓励我喜欢就追，是在怂恿我追你么？如果是，那我现在就郑重宣布，仇司令正正自己的手表，公元两千……

你不用宣布了，陶然打断他，你都说了，我喜欢的人是真牛叉，回头只能让你受伤害，你就算喜欢我也要拔慧剑斩情丝，改换喜欢张佩，方为人间正道。

你当真喜欢真牛叉？仇司令严肃地问。

不喜欢，陶然严肃地回答，是爱，我爱他！随即一个人笑得花枝乱颤。

仇司令掏出烟来，点上，吸一口，摆一个深沉的 POSE。

陶然不笑了，研究地打量着仇司令，你这么一摆，还挺酷的。

你是不是在公司共享档案上挂了个求租贴士？仇司令忽然像拉家常一样地问陶然。

对呵，陶然回答，你有这方面的线索要告诉我呵！

现成的有一个，仇司令一本正经地说，就不知你乐不乐意？

哪里的？什么样的房？陶然迫切地问。

有一名男青年，他一个人住一套两居室的房子……

好了，不用说了，陶然摆摆手，眼里的期许立时灰飞烟灭，那名男子是你朋友么？不要说是你朋友了，就是你本人，我也没那胆子，跟一个陌生男子合租，这事说到我家，我娘拼了老命也不可能同意。

我说的就是我呵，仇司令扯出大片眼白强调，难道你跟男同事合租宿舍你家里人也要反对？

咳，都不知你说的真话假话？陶然蹙着眉头抱怨，没有更好的单房找人合租也不失为一种对策，没有女同事，诚实可靠的男同事也凑合……

你放心，我绝对诚实可靠，仇司令眼里闪烁着两簇兴奋的小火焰，不光诚实可靠，我还有很多不为人知的优点，比如爱整洁，讲卫生，会做菜……

吹了吧，陶然很鄙视地看他一眼，鬼才相信你会做菜！

呐，我还真学过烹饪，结业成绩不是最突出的……也就二级。

真的假的呀？陶然表示极大怀疑，一个看上去四体不勤五谷不分的男人，很难叫人相信他有炒菜的……雅兴，先不说技术了。

我跟你说我会做的拿手菜有哪些，呵，仇司令掐起了手指，香辣蟹、茄子煲、回锅肉、咸蛋蒸肉饼、火爆鳝片、红焖肘子、家常豆腐……

日后陶然始知，仇司令在历史上的此刻，不过是把他爱吃的菜，冠上他会做的名义报了一遍。

陶然和仇司令一块回到写字间。张佩看到了他俩有说有笑进来，眼珠子差点掉下来砸中自己的脚面。小会议间的那帮女人还在继续她们的女性专题。不知真相的仇司令在门口刚一露脸，马上被身手矫健的白日梦纵上来按住了，驱出门槛，陶然则像收费路口的军警车辆，被安全放行。

几个女人的口水没有白流，小议颇有成果，已经把前人的"爱情是一门艺术，婚姻是一门技术"升华到"爱情是一门骗术，婚姻是一门忍术"这样的实践出来的高度。白云凤爪连番摇头，表示彻底为男人当面一套背后一套的双重脸谱折服，并用一个老段子加强了她在这方面的认证：学问之所以美，在于使人一头雾水；诗歌之所以美，在于动不动就卧轨；女人之所以美，在于傻得无怨无悔；男人之所以美，在于大白天撒谎可以见到鬼。劝诫女人，要坚决地怀疑一切男人。

白瘦嗲对白云凤爪的言论表示有保留地赞同，她说她日前也被一个高人指点过，一个女人最容易存在的思想误区，就是认为这世上男人统统都花心都好色都不可靠，唯有自家的那一头例外。她认为这话可以给所有自以为是幸福小女人之样板的已婚妇女当头棒喝。

这场专题餐谈是由白日梦主持召开的，她以探讨婚姻生活的真实感受为名，本来是想让大伙给她洗洗脑，增强对构建和谐婚姻家庭的信念。结果让她始料未及，她不仅没有获得前进的勇气，反而把原先的勇气都给毁了，她最后边哭边说，俺放弃进城了，呜……，俺再不提进城的事了。

16

下午三点，白日梦从高校人才招聘会现场回来，拎回一只大口袋，累渴交织的样子，像刚刚从马拉松跑道上下来，进门就拐进大会议室，坐着喘息。

陶然跑进去，有那么累么？不屑地问她。

不信你拎拎？白日梦说着朝脚边的大口袋横扫一眼。

陶然矮下身去拎了一把，一秒钟就夺回原地，乖乖隆地咚，她叹，都装的什么呀？

拜托，帮我倒杯水来好吧？白日梦哀声乞求，兑一点蜂蜜，在老地方。

陶然转身跑出去。白日梦长年暴饮蜂蜜水，大家都认为她是在例行美容事务，但她坚称身患低血糖的祖传病史，喝蜂蜜水是为着改善彼个功能性器官的不力。

陶然端着白日梦的个性化水杯进来，杯里插着根搅拌器。

我发现这根搅拌器其实就是一根搅屎棍，陶然把杯子放下，在白日梦对面坐下。

姥姥的，是不找抽呵？

肝火怎么那么旺的嘞？陶然一点儿也没生气，我又没说错，

蜂蜜本来就是蜜蜂拉的大便，你用这根棍子搅和，叫它搅屎棍不是名至实归么？

哎，这次我负责统筹的客户，公司看得跟亲爹一样要紧，陶然换上一副正经面孔，要安排几个能力强的人手，老总昨天强调要招名校的高材生，我觉得名不名校不是那么重要的，主要要看专业和工作经验，懂日语，熟悉电子行业是两个基本素质，来不及培养也等不及让他慢慢长大，要安排上岗就能独当一面的。

网了一些人才，白日梦扒着脚边的口袋，掏出最上面的厚厚一叠，对陶然扬了扬，这里面的全是有硕博学位的。

长腿，白日梦忽然煞有介事地看着陶然，问道，你看我长得像夜总会的妈妈桑么？

白瘦嗲从门边经过，闻声拐了进来，你不像妈妈桑，你像妈妈桑领导下的红牌。

有你在，红牌，我须得仰视才见，白日梦反唇相讥，喂，长腿，你那边客户还搞不定，就向老总提个建议，把白瘦嗲送过去和藩。

要得，陶然兴奋地附和，一个不够就再加一个，你也可以一块儿送去……要能去我也去，这是要名垂公司创业史的大事呀。

真要命，白日梦痛心地看着陶然，看来你也有进入欢场的潜动机……知道么，我今天在招聘会现场，真是开眼界了……所以我才会问出我是不是长得像妈妈桑这么奇怪的问题，实在是那些女大学生，她们生生地把我震慑了。

难不成在有限的几小时招聘会现场，风华正茂的女大学生们已经与您打成一片，并集休劝您改行当妈妈桑，她们再跟您混？还是她们误把你当成妈妈桑，要志愿加入以您为核心的兵团？陶然口头揣测。

你的想象力比较丰富，遗憾的是玄幻色彩太重，明显脱节于立足现实社会的可能性，白日梦点评，她们要找妈妈桑直接去夜总会毛遂自荐就成了……不过我很怀疑，她们中有些人会最终这么干。

那她们怎么震你了？白瘦嗦问。

这年头女大学生真是太有战略眼光了，如果不是在求职招聘会现场碰见她们，你绝对会把她们跟夜总会的坐台小姐联系起来，基本没什么例外的，都走的性感妖媚的路线，大浓妆、脸煞白，大白天戴着吓人的假睫毛，肚脐眼无论有没有欣赏价值一律露着……她们上来包围了我们的摊位，我感觉自己就是一名树大根深的妈妈桑。

怪不得她们，这年头大学生就业压力太大了，多少人毕业就意味着失业，不能不挖空心思杀开一条血路，据说北京有不少女大学生，为了面试的时候声音好听，还去做声带整容手术。

天呐，白瘦嗦忍不住惊叹，天呐天呐，地球太残酷了，没法呆了，赶紧都去火星吧孩子们。

17

赵雅仪缩在暗角里，吧座里像雾气一样迷蒙的灯光罩在她的头上，也照亮她对面的男人。她一再地刻意打量眼前的他，她知道，这之后，他的样子将成为她记忆里永远的幻影。她决定抽身，爱了他整整一年，像一片充满倦意的羽毛。她想停下来，重返遇见他之前的心无挂碍。她一直迟疑着，舍不得宣布她的决定，她要一直等到最后一刻，然后，永不再见。

他抬起手腕看表，她知道该他回家的时间了，她的眼泪就这样破眶而出，无声地挂满两腮。但她的脸上，声音里，统统没有哭泣的痕迹，她想，这可能不是哭泣，内心那样平静。因为知道将要来临的结局，她从容不迫，只是眼泪像没有关紧的水闸，不明所以地无言奔涌。

她望着他毫无察觉的脸，想象着他可能会有的反应。她曾经一心想求证在他心中的分量，然而她也知道，无论如何求证，他只要不放弃保全家庭的底线，都难有遂她心愿的答案。他的爱永远带着残缺与保留，而在最爱时，她自感情愿为他付出所有，哪怕透支来世的幸福。但现在，她希望他完全没有爱过她，这样她才能一心告别，他的无所谓将帮助她彻底与坚定，帮助她告别这蹉跎与动荡，她老了，她没有更多的时间用来挥霍。

他再次看看腕表，走吧，对她说。

再坐一会儿，她轻声要求，她其实本来想说的是，你先走，或者，我们分手吧，可是一张口，就变成温柔的请求。

走吧，太晚了，他再次说，并且先自站起身。

她稍稍迟疑，也跟着站起，走近几步，她紧紧拥住他，把脸埋在他的衣襟里，我想今晚跟你一起。

今天不行，他说，要不后天，后天中午，我去你那儿？

她忽然就意志坚决起来，变得乐观通达，走吧，她说，挽起他的胳臂挂着奇怪的笑容走向出口。

到家后，她给他发去一条短信，请不要再联系我，一切就此为止！她关了机，眼泪竟然能够像喷泉一样地迸射，这要什么样的内功才能促发？

她沐浴更衣，直到躺上床的一刻，她彻底放弃幻想，知道不可能有人来拍门，问她短信什么意思。

她喝了一整瓶红酒，其中一部分水迅速转化成体液，由眼眶排出，酒精则在几分钟后征服了她的神经。

18

姐，我找到不错的房子，在我公司附近，这样上班近些，我打算用这个周末搬过来。陶然在 QQ 上跟陶静说。

陶静先发了一个无奈的表情回复她，跟着上来一行字，既然你这么想独立，非让你留下显得我不尊重人权，随便你。

那好，陶然回复说，烦你帮我清两只储物箱出来，我就用那个装东西带走。

好。你一个人住么？租金多少？陶静问。

跟同事合租的，找出 500，住小房间，房子挺干净的。你能不能给我一套床上用品？

可以呀，你就把你现在睡的带走。

谢了。

陶然马上点开仇司令的对话框，我这个周末搬过去可行？

夹道欢迎！仇司令配上一个热烈的笑脸回复她。

陶然正打算回过去一个笑脸，忽然发现眼前的显示器忽然滞住了，一动不动，她观望，等待，狠击回车，摔打鼠标，屏幕纹丝不动。她关机，关不了，强行按键关闭，再重启，机子像石化了一般，毫无反应。她坐在椅子上翻来扭去了一阵，束手无策，抓起手边的手机，给真牛叉发去求援短信，帮帮忙，快来帮我看看，我的电脑休克了。

一根烟的功夫，真牛叉来到她的格子间，怎么回事？真牛叉

在她让出的椅子上坐下，一面动手开机一面跟她说，要经常杀毒，不要随手乱点网址，收到来历不明的邮件，下载前都要先杀毒，杀毒软件要经常升级。

陶然奇怪死了，自己怎么都开不了机，真牛叉摸了摸，鼓捣两下子机器就活过来了，她忍不住嘀咕，活见鬼了，机器都这么势利。

她搓着手难为情地再说，我也没去不该去的地方，杀毒、防毒是做得不好，基本没有主动干过，不知道装的嘛杀毒软件……我也不会杀毒，我只会中毒！

真牛叉被她逗笑了，太不好学了，我今天教会你，你以后要记得执行。

真牛叉不费吹灰之力就把电脑整好了，屏显恢复正常，陶然抱拳相谢，佩服佩服，你是一个真正的牛叉！

白瘦嗲请大家去她家烧烤，你要去的吧？真牛叉问陶然。

呵，什么时候，她没请我呵？陶然傻着眼问。

可能还没通知你，就这个周末。

呵，偏偏这个周末！我去不了了，我要搬家，搬到公司附近来住……白瘦嗲真不会挑日子，成心不想我去。

搬家？要不要我帮忙？搬家是我的强项。

陶然乐得大笑，不用，我没什么家当，就是衣服鞋子杂七杂八的杂碎一堆。

搬了家去你那儿玩呵，下雨天就去你那儿借宿，可以么？真牛叉睐着脸问。

SURELY，热烈欢迎，就按三星的标准收费，再给你打个八八折，够哥们儿吧？

行，真牛叉响亮应答，付不起账我就把自己押给你。

你会耕田么？陶然的本意是想反问他给人当牛做马有没条件。

真牛叉听后却露出一脸的茫然，耕田？指的什么，是一种体位么？……我可以学。

陶然面红耳赤，用力踹他一脚，滚。

真牛叉刚走，仇司令就逛了进来，问陶然，还没说完你怎么就脱机了？

中了剧毒，昏死过去了，陶然手里忙个不停，头都不抬地答他，真牛叉过来给它服了一粒起死回生还魂丹，醒过来了……你现在坐回位置去，跟你谈大事。

什么事？一分钟后，仇司令的对话框红艳艳地弹出界面。

有个不情之请，陶然回复他，想叫你不把咱俩拼租的事公开，公司人多口杂，不想引人误想，也不想招人巷议，可否？

呃，仇司令回复她，就这点事呵，同意，我借此体会一下金屋藏娇。

陶然连点三副红唇，配以一行文字，OK，米（没）有问题，发送给仇司令。

19

赵雅仪致电陶然，约她周末共进晚餐，陶然把搬迁的大任如实以告，赵雅仪主动请命，过来帮她整理内务。

陶然在楼下依约接到赵雅仪，都兴高采烈，两人亲热地挽着钻进楼洞。

哇，这房子当真不错！刚一踏入，赵雅仪就放声夸赞起来。

忙不跌地跑去陶然占据的小房间探看，更热烈的溢美随之而起，这房间太好了，通风、采光、朝向、装修，都无可挑剔，这是中心地段的富人区嘞，500块钱一月租这样的宿舍，赵雅仪做了一个痛快的表情，太划算了。

其实没那么便宜，整套房的租金是2100块一个月，也就两间卧室，我同事住的那间大一点，出大头，反正他说我出500块已经帮他减轻负担了，客厅归他，我可以免费使用……我本来也有些不好意思占他便宜，后来一想他成天在公司游手好闲的，也不干什么实事，拿得却比我多得不是一点点，就当他发扬风格，匀一点工资补偿我吧，哈。

有这么好的人?!……我看你都收拾得井井有条的，还有什么需要我帮忙整理么？赵雅仪不忘此行的目的，劳动热情高涨的样子。

没有啦，陶然眼睛亮晶晶地笑，没什么活儿要干，就想你过来玩一玩，我们坐一会儿下楼吃饭，我已经考察过了，这一带饮食业发达，东南西北中，各种风味的都有。

是吧？你吃饭怎么办，打算自己做饭么？我看你厨房炊具都挺齐全的呀。

还是会自己开伙的，陶然说，我同屋吹牛很会做菜，到时跟他商量搭伙。

哈，你要小心哦，赵雅仪笑着提醒，孤男寡女共处一室，是故事还是事故，一念之间的事嘞。

放心吧，陶然大方表示，我是绝缘体，又叫做电的不良导体。

你一个阳光少女，赵雅仪不太相信地望她，按说应该忙着享受青春、爱情才对呵？

青春是不错，爱情嘛，陶然顿下来翘翘嘴巴，爱情在我眼里就是一场精神劫难，我能够跟她不沾边我就希望永远不要跟她沾边……我觉得，人一旦被爱情附身，就像被魔鬼附身，不请道士捉鬼别想安宁……惹不起我躲总躲得起吧？所以我要求自己在爱情这碗大餐面前绕道而行。

一股难抑的酸痛涌上赵雅仪的心头，眼眸瞬间湿润，她望着陶然，忽然就充满了倾诉的欲望。

她们来到楼下，刻意选择了西餐厅，那种环境，适合聊心事佐餐。

两份套餐，量少精致，她们相对而坐，窗玻璃反射着两副细嚼慢咽的丰满红唇。

他还会再来找你么，你认为？陶然问，用一些行动来试图挽回？

多半不会，赵雅仪说，我并没有令他不顾一切，我自己倒是不顾一切过的……在我与他的家庭之间，他绝对不会选择我……他也没什么经济实力，除了请我吃吃饭，没能力给我买任何奢侈品，更不要说把我藏起来养着什么地……我提出分手，他二话不说地同意，善意揣测是，他为我着想，认为分手对我有利……我也认为分手对我有利，分手是一定的，晚分不如早分，可是他真的不挽留，没有一句争取的话，我还是觉得老受伤害的，我不能避免那样去认为，他对我从来就没有当过真，他这时候连不当真的也玩厌了，隐退之心早已有之。

难说，陶然分析说，还真不好判断……情感专家说，男人对女人只有三种感情，激情、亲情、绝情，激情烧成灰后，如果没有顺势点燃亲情的火把，那就唯余绝情了。

这话说得一针见血，赵雅仪苦笑，令我感到黑色幽默的是，我以为我爱得激烈，别人也是，我以为我提出分手，还担心给别人带去失恋的痛苦，结果我却成了别人的喉舌，代言了别人的心声，最后痛饮失意之苦的是我自己。

如果这样想能帮你坚定离开他的决心，你但想无妨，陶然说，你可以把他想得绝情又无情，不值又不配……把身心同时交给一个不可能给你带来任何安定甚至真心的男人，是太浪费自己了。

其实从一开始我就能看见未来，只是无力加以自控，后来就彻底放弃自控，愿意不求结果地跟他交往，到什么时候算什么时候……你姐姐说得没错，我常常放任自己的感情，这让我的生活狼狈不堪……我狼狈的时候要比我不狼狈的时候多，赵雅仪眼底沁出水雾，我从一开始就没有走好，和初恋的男朋友一起纠缠了六年，分又分不开，好又好不了……他原是体育老师，高大帅气，却没有一点男人的担当，那时候都是我养他，我们花的每一分钱都是我挣来的，我们后来彻底分手也是因为我的财政状况每况愈下，而他根本就不愿意出去打工……后来有一段时间，我根本就不珍惜自己，男朋友换得像走马灯……不过那样的日子，心无挂碍，倒也轻松，最发疯的情况是，你爱一个人，很爱，而他有保留地爱你，或者干脆完全不爱你，用张小娴的话来说就是，思念让人成为一只尊严尽丧的流浪狗……我现在就是一只流浪狗，不过流浪狗也会有自己的坚持，无论如何我要抽身，不会回头，我再经不起折腾了，你看我的眼角，只要稍微一笑，细纹就像鱼网一样撒开。

一点点而已，陶然伸手在赵雅仪眼角抚了抚，没你说的那么可怕，不过我倒是赞成你重新规划未来生活，也鼓励你告别你崇拜已久的爱情现场，我会在一旁给你精神支援的，只要你需要，你可以不分白昼黑夜，无论刮风下雨，来找我；我同时可以帮你丑化那人的形象，丑到你想吐，我有这个本领的。

哈——俩人同时笑出声。

谢谢你，赵雅仪眼泛泪光，感激地看着陶然，你在我眼里就是天使，我祈祷我们都能有美好的未来，你是一定的，对我来说，不用颠沛流离就是至大安慰。

雅仪姐姐，陶然像小时候那样喊赵雅仪，心痛地望着她，如果有合适人选，还是结婚吧……接受一份新的感情，一个新的男人……新感情，至少会让你转移现在所承受的内心煎熬；用来结婚的男人，只要不是混得太差，最低限度也能给你生活保障，兴许还能有安逸。

20

星期一，又到扎堆午餐的时间，一小众人跟风似的对着大会议室鱼贯而入，围着椭圆形会议桌坐成一圈，随即就着闲扯叽叽叽叽吃开了。

张佩吃着吃着，忽然想起陶然没去白瘦嗲家参加烧烤的事，就转过头去问她，长腿，你有那么忙嘛，多有意义的集体活动呵，你也不参加？

白姐姐家的豪宅装修得跟宫殿一样富丽堂皇，真牛叉发表餐谈，长腿你没去参观真是可惜了。

我迟早会补上这一缺的，陶然说，朝向白瘦嗲，家庭爬梯（PARTY）还会举办第二届的对吧，白姐姐？

谁叫我？白日梦从门外走来，手里提着口粮，选择好爹旁边的空位坐下。

买的什么？好爹看她一眼问道。

盒饭吃厌了，今天换换口味，白日梦从马夹袋里掏出一块有银白锡纸底托的面包，面包上表皮敷着一层沙律蔬果粒，再掏出一杯豆浆，说道，今天吃披萨，喝豆浆。

吃披萨，喝豆浆，白瘦嗲接过白日梦的话尾巴复述一遍，梦呀，不要因为批萨听起来高档，有情调，随便什么面包都叫它批萨，你这分明就是一块中国式老面包疙瘩嘛。

批萨也算高档？白日梦举着咬缺了一角的面食，向众人发问，穷人认为批萨高档还情有可原，著名的富婆怎么也会持这种观点呢？这东西不叫它批萨我叫它什么好呢，它标签牌上就是批萨，我不过是照搬了而已。

这面包在楼下蛋糕房是叫批萨没错，我也买来吃过，陶然帮着证明，用料和做法从外表看也是仿照西餐馆批萨来的，虽然吃起来就是最普通的面包。

人店家开发这种看着像的洋点心，就是为了迎合你们这些有小资毛病的女青年的，果然我们梦跑进去，一眼相中的就是这款。好爹说。

白日梦噎住了，对天花板翻着白眼，隔会儿说，我招谁惹谁了呀，我吃块面包都要遭人非议……做人要厚道，做一个上有老下有小的人尤其要厚道，同志们哪。

白日梦这边说着，那边跑进来一个女的，来源不详，中等身材，戴黑框宽边老式眼镜，面容清瘦，头发像一块老树疤一样光溜溜地撅在脑后，看不出年纪，看上去整体印象就是一个怪异。

跑进来的女的看了大家两眼，没表情，忽然开声说，吃完饭赶紧把台子收拾干净，吴总要利用午休一点时间给大家开个短会，说完没耽搁一秒转身走了。

这人谁呵？

大家看向白日梦和消息树，她俩一个做前台一个做人事，关注新人是分内事。

就是上上周去参加招聘会采撷到的果实，白日梦为大家解释，我只是负责收了她的材料回来，录用是吴总决定的，是吴总的高级助理，以后就是吴总面向大家的一个代言人，人家可是货真价实的女博士哦。

难怪看上去那么怪，原来是女博士，张佩嘀咕。

女博士有什么用？关键要看能力！白云凤爪陈辞。

吴总眼光好特别，呃?! 仇司令向真牛又询求共鸣。

不会穿衣服，陶然置评，长得就学究，起码也该变味儿。

听说现在社会上把忄别分成三类，好爹隆重发言，男性、女性、女博士，看来也是调研过的，呃?!

长相不好，身材不好，不会打扮，性格也不讨喜，还那么高学历，白日梦摇头叹息道，她的前途多么令人担忧呵！

都什么人呐你们？白瘦嗲呵斥大家，她有本事读那么多书，就有本事开创美好人生……我现在想起来了，我上周接过一个尤其有感觉的电话，应该就是她的，好爹把人女博士划出来作为第三性别，纯粹胡说八道，当时我把女博士电话转线后没有立刻挂机，旁听了几句，哎呀，当时骨头那个酥呵。白瘦嗲说着把右手撑开一个八字，举在右耳侧，装成打电话的样子，分用几种不同情感基调的，其中包括，喜悦的，害羞的，矜持的，兴奋的等多款，但无一不嗲得鸡皮疙瘩起上里三层外三层的嗲音演绎了几声吴总的呼唤法，呵吴总……是的吴总……哦吴总……是嘛吴总……哎呀吴总……呃呃……呃——

这最后像在叫床呵?! 白云凤爪一头雾水的样子,据说现在电话里也能做……瘦嗲妹子确信是在电话里听到的,不是隔壁办公室传来的?

白日梦怔怔看着表演完毕的白瘦嗲,良久,缓缓说,假如上天再给我一次机会,我要对白瘦嗲说三个字……少发嗲!

不发嗲她活着还有什么意义?她存在的价值至少减少三分之一,张佩说,继续嗲,我们不要紧!

是嘞,陶然把目光转向白瘦嗲,去年茶话会,你还只是许了个要白要瘦要嗲的愿,现在看来,你已经光荣实现梦想了。

21

长腿哎长腿,等我呀……张佩斜挎上自己的背包,闪电侠一般冲出去追上大门外的陶然。

哎,你现在很过分嘞,一下班一分钟都不多留,也不怕影响升职加薪的,张佩说。

事情做完就走呗,陶然不以为然,好意思说我,你自己走得也不慢啊?

我今天有事,张佩说,去夜校听课,我正式再一次参加大专自学考试,这次决心很大的……你要鼓励我,给我打气,再考不上你以后就不要理我了。

不理你? 陶然问,不理你是处罚我还是处罚你啊? 为什么你考得不好要我付出友谊的代价?

哦呦,这话真动听……哎,虽然你不介意我这个朋友有没有文凭,我也不介意向你吐露我没被高校修理过的实情,但为了我将来能嫁个好人家，不被未来夫婿及婆家人看扁，我思前想后，结合耳闻目睹社会现状之种种，觉得没学历是很没尊严的事情，张佩撇嘴摇头，接着说，所以我决定读，自己读，读一个货真价实的来，我把文凭读到手了，别的不讲，我自己的自卑感也有望局部得到治理。

我就说嘛，陶然笑，世上没有无缘无故的变化，当年的失学高龄儿童为啥又以迅雷不及掩耳盗铃之势重拾课本，原来为找个好婆家……是不是目标已经出现？我支持你，大力支持，向着目标靠近，争取活捉。

逮麻雀呵，张佩显出三分娇羞，撇撇嘴，气星（神经病）！随即话锋一转，不错，我现在正在有计划地向目标靠近，不惜金钱、青春、脑细胞，报名参加自考，也是实际行动之一……喂，你怎么往那边走？上人桥走这边，对面才有车去龙华呀，张佩一把拉住陶然的胳膊，后者明显有往边上一条干道拐去的倾向。

哦，忘了告诉你，我搬家了，就是前面的富通阁，周末搬的，没去白瘦嗲家烧烤就是为搬家。

呵？张佩惊叹，神速呵你，我还托中介公司的朋友帮你在打听嘞……富通？哇，你住那么高档的房子，那里房租好贵嗳，你怎么想起往那儿租的……单独租还是找人合租的？

这个，陶然欲言又止，唉，我也不知怎么说才好……我是不太想让公司里的人知道的，当然你例外，你不是同事，你是朋友，但我也怕会吓到你，真的……还是改天告诉你吧，改天利用上班时间，你看现在我们都不在岗位上，万一吓出人命，也不能当工伤来赔。

喂喂喂，你行行好行行好，张佩紧紧拉住陶然的一条胳膊，以倾斜角呆在她脸上看，你到底有什么难言之隐？你跟我说没关系的，我能帮你一定帮你，不能帮你也要创造条件帮你……你是不是被人包了？你老实告诉我你是不被人包了？包你的是不是老大爷？港胞？台胞？海外侨胞？国际友人？土著？……哎呀，我如果不为了赶去上课，真想跟踪你回家一探究竟……

Be please（拜托），陶然忍无可忍地大吼一声，用力扯回自己被拉歪的衣服襟子，正回原形，真受不了你，你就没一条健康思路，脑神经已经被社会新闻彻底搞坏了……你以为什么人都有被包养的福气的么？显然，我没有，所以，我必须工作，走自强不息的奋斗之路……你不是赶着去上课么？赶紧去，坐第一桌，记得多给老师送几篮儿秋天的菠菜，有好处的。

你就不能提前透露一下？张佩最后问，你知道我好奇心重，当然也是出于对朋友的关心。

赶快走吧你，陶然往外推了一把张佩，明晚你要是不上课，你就跟我回家，我让你亲自过目，我那引你无穷遐想的私生活。

22

陶然提着马夹袋回到富通，楼下的保安截住她盘问了几句。此保安非搬家那天的当班保安，陶然对他的工作予以友好配合。

21C 的住户？

对。

再次确认后，陶然被礼貌放行。她匆匆钻进电梯，看了看手表。回来时她拐进超市买了盆菜，准备亲自下厨炒几个小菜与仇司令共进晚餐。

真不好意思，让你辛苦……仇司令搓着手，对着炒菜的陶然说客套话。

哦，不要不好意思，主要是让你尝一尝我的手艺，看还能不能下咽……我知道你是有证书的厨子，如果你用你的标准来要求我，肯定要失望的，你只能用一个普通家庭餐的标准来要求我……就我所知，大厨们也不是每天都吃大餐的，还是以家常饭为主……如果你吃得来我做的菜，我们就考虑一下搭伙，怎么样？

挖靠，仇司令兴奋地说，这么好的事想都想不来呵，这简直就是在享受结婚待遇啊。

陶然好笑地看着他，这么羡慕人家结婚干脆结婚呀，想过家庭生活还不容易？

过家庭生活是容易，仇司令说，但对于一个勇敢赤诚，追求真爱的男青年来说，在茫茫人海中发现一个可心的姑娘，还要顺便被她发现，又顺利走到一起，却是多么不易！

哈哈，陶然大笑，所谓可心，说到底还是你要求太高……姑娘满大街都是，我看着起码有一半可心的。

我看着人家可心，也要人家看着我也可心啊，单相思多辛苦啊，还注定了颗粒无收。

陶然做饭还真快，一个时辰左右，饭菜就做好摆上桌了。仇司令对水瓜生鱼汤赞不绝口，接连喝了三碗，马上表示搭伙没商量，表示伙食费还是他出大头，因为他饭量大，估计一顿饭的六分之五都得喂他，所以他主动要求陶然每个月出 60 块钱就够了，其余多少都由他来，并且立刻找来一个吃空了内核的饼干盒子，建议公共经费以后就装在那里面，藏在客厅电视机柜的抽屉里。

我也不能只出 60 块呀，陶然红着脸争辩，房租上我已经占大便宜了，这事要是说到公司，真不知怎么跟他们解释，又不是谈恋爱的男女……

那我们谈恋爱好不好？仇司令马上接口，又正经又不正经的样子。

呸吧，陶然立马一口回绝，想泡我，你还嫩着点！

你喜欢年龄大的，父爱型的？仇司令讨个没趣，马上装成求学好问样儿，为什么现在的小姑娘放着同龄人不找，非要跟自己的阿姨去抢叔叔嘞？难道我还要熬上十年八年才能赶上我个人的黄色时代？

不用熬，你现在就是黄金时代了，你战线长着嘞，黄金期一直可以拉到十几年以后，陶然说，小姑娘爱找叔叔辈的归根究底还是男人逼的……找个同龄的，青春时跟着他一起混，混不好一辈子的主题就是怎么省钱，用最经济的方式生儿育女，搞家庭现代化建设，没有经济地位何谈社会地位？一辈子活得就是一个憋屈，还不能保证晚年老头子会不会爱上洗脚妹；混得好的那就不用说了，等他混出头来，你也老了，难看了，长皱纹色斑眼袋肚腩了，就算保养有方，保住青春年华，也还阻挡不了一个审美疲劳，包二奶，养小蜜，构建和谐红粉兵团，妹妹帮遍布五湖四海，看人家青春勃发意气风发，自己一张老脸如果硬是要同进同出地跟着，也觉委屈了他……所以最佳婚姻搭配，年龄上最好要拉开十岁以上的距离。

挖靠，仇司令暴叹，没想到你对此居然这么有研究，佩服佩服，失敬失敬，久仰久仰……我去拿酒，我们要干上一杯，祝贺我找到品、貌、才、德、艺五项全馨的女同居，仇司令说着遛下饭桌，跑进自己卧室取来一瓶红酒，你喝一点没事吧？

小意思，陶然姿态洒脱。

随着左一道右一道的 KISS（由 CHEERS 演变而来）声起，21C 寓所里上演着两个人的觥筹交错，很快就一瓶见底，两个人都红光满面笑态可掬，从高谈阔论时事纵横的高瞻远瞩切换到个人生活的微妙际遇，终于说到各自的情感经历。

仇司令乘着酒意哀伤地回顾了他泣不成声的流年往事，一个两年前的伤情故事，虽然历史的足音早已远去，他备受打击的自信心却依然没能全面得到康复。他曾经疯狂喜爱上一头美女，为感化打动美女，不惜翻出被单下藏了 N 多年的存折本，毅然滑进了情感和金钱的沼泽地，结局和所有俗常版本一样，美女结婚了，新郎不是他。美女的结婚，宣告他正式失恋，自此他就认为自己是个失恋的人，没勇气再追求一个一个身边走过的好姑娘。

从那时候开始，我学会了抽烟，那个姑娘对我最大的改造就是让我学会了抽烟，仇司令点上一根烟，吸一口，缓缓吐出雾气说。

你抽烟的样子蛮有男人味的，陶然说，看起来深情而稳重。

仇司令噗嗤一声笑呛到了，连咳数声才镇静下来，感慨地说，我做账的样子还要深情稳重，看来我做人是太随和了，小姑娘都喜欢耍酷的。

错了错了，跟你说绝对不是这么回事，一个人就得有张有弛，这是做人该有的姿态，你如果一天到晚绷着一张脸，搞得跟监考老师一样四处装酷，看还有谁搭理你……就因为我们熟悉你随和的一面，所以偶尔看见你这么深沉一下子，特别有味道……赫，这话可不是我说的，是我引自另一位可爱姑娘的，人家很看好你哦！

23

中午吃快餐，张佩和陶然头碰头坐一起，小声说着话，白日梦打俩人身后过，各赏暴栗子一记，道，好得要换头，同性恋能结婚你们就去扯证吧。

我们都是异性恋，张佩向白日梦严正指出，正是在追求异性之爱的漫漫旅途上结下伟大友谊的。

张佩又掉回头，跟陶然继续未尽话题。

张佩说，不是我要拍你马屁，也不是我要往自个儿脸上贴金，硬拉上你垫背，我们公司，还保留着少女的清纯与甜美的也就我们俩了，白日梦虽然也没结婚，但老姑娘的气味隔三米远就能闻见，那几个已婚妇女，保养得都还算不错，但生养过的女人到底没法跟姑娘比，就是少女跟少妇的区别……

你错了，陶然一本正经地反驳张佩，一个功成名就的少妇，比少女过得滋润安定省心多了……谁都有少女期，正应了那句话，最好的时光是用来辜负的，太多的少女在少女期一事无成，而谁也不能保证，将来就能过上像白瘦嗲那样的少妇生活。

我说的是观赏性，你说的是生存质量，不一回事，张佩说。

生存质量可以间接地折射出一个女人的可观赏性，陶然强辩，你认为我和你本人还留有清纯少女的甜美气息，看在他人眼里也许就是稚嫩不成熟，不够格与你坐下来谈人生理想，没有共同语言……你不知道，好多男人都喜欢少妇的，认为那才是涅槃的凤凰。

哎好了好了，不说这个了，本来就是觉得日子过得太没盼头了，才想出这个法儿来给自己打打气的，听你这么一说，彻底没指望了……我晚上跟你回家呵，看看你屋里到底有什么要藏着掖着的……我不会真的被吓到吧？先找个懂法律的人咨询一下，那样子被吓到，算不算工伤？

不用找法律专家了，陶然说，我这个法盲就可以解答你，不能算，工伤管不了那么宽，脱离工作岗位受的伤跟工作单位没关系……要不你先投保一份意外险，回头等生效了再去我那儿？

晚上下班，陶然带着张佩向她的住地进发。

陶然再次强调，你看到什么，回头不要到公司来散播，实在觉得解释不清，不如不让他们知道。

等张佩进了陶然屋子，她就只剩感叹了，你这哪是宿舍呵，你这条件好得比人一般住家都好，通风采光尽善尽美，家具电器一应俱全，究竟是谁替你安排了这一切？不要跟我说都你自己来的呵——，你的薪水付完房租估计就只剩吃泡面的钱了。

看来你比我还要没志气，陶然看一眼张佩，恨她不争气的表情，这房子是不错，但也没像你说的好上天……当然，同为无房一簇，我能明白你的心情，我也一样的，不求好，但求有，能有个不用月月兑房租的居地，人生就趋近圆满了。

我觉得你住得太奢侈了，张佩认真地说，有钱还不如攒起来，将来总是要自己买房的……这儿月租多少？

门忽然洞开了，仇司令一手捏着钥匙，一手提着鼓鼓囊囊的马夹袋，表情愉快地出现在玄关处。

仇司令——，张佩大喜过望地迎过去，你怎么来了，还带东西？

嘿，长腿没跟你说么？仇司令报以浑然天成的一个憨笑，放下手中的袋子，跑近鞋柜取出一双硕大的男式凉拖趿上。

张佩很快就提出告辞，声称自考班的同学发短信她有事，她简单地跟仇司令招呼一声，拽住陶然的一条胳膊，以不容拒绝的口气说，你送我。

俩人下了楼，张佩在前，陶然跟后，默默向公交站台走去。

张佩突然转身，面向陶然，面色冷峻地问，你们当真不在谈恋爱？不是在同居试婚？

陶然先是一怔，随即无奈地说，我就知道这事不宜张扬，连你都这么想不通，公司其他人还不知会怎么想呢？合伙租房子住在深圳是司空见惯的事，坏就坏在我们同事都太八了，也太熟了，这事要是说到公司，一定非常轰动，你记得给我保密啊。

这事很丢人么？张佩反问。

总是不太好，陶然说，明明只是普通友谊，周围群众硬是要看成一对，多不自在呵？！

觉得不好交代那就再搬个地方罗，张佩说，继续向站前行，你知道我有朋友在中介公司做事的……

不用了，搬来没多会儿又搬走，把人家仇司令耍了一道似的。

你现在就顾忌起他的感受来啦？我赌你们没多久就会恋爱的，两人走这么近……好了，我的车来了，我走了，明儿见！张佩快步赶上迎面而来的大巴，车门豁然洞开，瞬间合拢，吞没了一跃而上的粉红裙裾。

一上车，张佩就捂住脸，眼泪在一瞬间破眶而出。她站着，倚住车厢内的一根金属杆子，车身的颠簸隐匿了她两肩的耸动。

24

赵雅仪约陶然吃饭，在手机里确定了要去的餐厅，一家湘菜馆。陶然到时，雅仪已先在座，看上去春风拂面。

今天想吃点辣菜开开胃，赵雅仪说，我记得你是很能吃辣的，对吧？

哈，陶然笑，没有更高的高手时，我就算高手了。

我点了剁椒雄鱼头、干扁四季豆，呐，你再补充。赵雅仪把菜本合上递给陶然。

不用了，这两个菜足够了，雄鱼头好大一盘嘞，陶然接过菜本，递给一边的服务员，吩咐道，送一支大支的可乐来，要冰镇过的，两只啤酒杯。

吃辣要喝可乐的，不然受不了，陶然对赵雅仪扮个鬼脸说。

我今天挺开心的，赵雅仪说，原来做一个强者竟可以这么神清气爽，士气大振，我的自信心也在这两天扶摇直上！

陶然微笑着看着她，静待下文。

我热恋过的男人终于开声向我求和了，多次打我手机，我见他号码就掐，他后来用一个我不熟悉的座机打，我接了，听出他我就法官似的进行了诘问，我说我欠你什么？他说不欠，我说那好，我不欠你什么，你也不欠我什么，让我们做回无关的人好么？赵雅仪报了深仇大恨似的露齿一笑，反问陶然一句，我强吧？……我发现我这么多天的郁郁寡欢、持续低靡，追根究底，并不是舍不得他，不过是不甘心而已。

极有可能，陶然点着头附和，我记得我以前有个朋友，总结自己的恋爱观时说，谁爱我我就不爱谁，谁不爱我我就爱谁……哈，还挺辨证的……事实证明，无怨无悔的爱情，有时候听上去挺伟大的，可事实很可能不过是跟自己的好胜心拧巴了一回，或者，错把犯贱当真爱！

就这么回事，赵雅仪一锤定音地总结陈辞，这就是实践出来的真知，是理论，我们过去太不重视理论了，过多地听信了现场情绪的调度，如果有成熟的理论应用于实践，会少转几道弯，少兜几个圈子。

世事无绝对，道理都懂的人也不见得就能做到、做好，所以教经济学的老教授成不了股市的赢家。

哈，那也是。

服务员插在俩人桌角边传菜，交谈短暂中止，撕筷条、涮餐具、斟饮料，举箸而啖，一尝之下力挺鱼头，啊好吃，陶然吹着被小辣了一记的嘴巴说，鱼头很新鲜！

是，赵雅仪共鸣，非常地道！

俩人痛快地吮着鱼头骨，吞进吐出，一根根曲里拐弯的鱼骨赤条条投身垃圾盘子。

鼻涕都辣出来了，陶然大方地擤着鼻涕，问赵雅仪，再要点喜面怎样？可以加在鱼头的汁水里拌着吃，辣得没得魂也香得没得魂。

好呵，赵雅仪立即赞同，招来服务员交待道，帮我们用清水煮二两喜面。

吃完饭你去我那儿吧，赵雅仪说，我那狗屋还真有点不好意思请你去……我昨天收拾衣服，有几条裙子觉得应该适合你，以前乱花钱，置了好多行头，你正当花季，用得上的就给你。

那怎么好意思，陶然说，你买的肯定都是你喜欢的……我不能夺人所爱呀！

赵雅仪摇摇头，说，不会的，我以前要比现在瘦了至少十斤，估计这辈子也不可能再瘦回原状了，那些衣服如果能在你身上重放光彩，不知多叫我欣慰了。

这世上可有不爱美的年轻姑娘？

饭罢，陶然喜滋滋跟着雅仪回到寓所，一片握手楼中的一幢，一室一厅，空间局促，采光不好，白天也须开灯，收拾得倒是雅洁可喜。

陶然此行收获颇丰，赵雅仪像在交代遗产似的，只要陶然合适的，看得上的，她一律慷慨相赠。她从前果然是过着奢侈的生活，单是有售后服务保障体系的名品太阳镜就有六副，她让陶然一一试戴，选了三款她认为适合陶然的，原装原配地打好包装，交到陶然手中。

不用，陶然马上退后一步，举双手恳切推辞，面上的表情已经接近惶恐，真的不用，我不能再收你这些了，这些你都可以戴的，我如果再接受你这些，就不单是夺人所爱了，还要加一条贪得无厌……我知道你对我好，这好真的叫我感激、感动，又无以回报！

说什么呀？赵雅仪嗔怪地看她，知道我对你好就接受，不接受就是拒绝我的心意……你想你拒绝我，会让我好受么？拿着，赵雅仪上前一步，把手中的包装袋塞进陶然的坤包，你原来有太阳镜吧？

有一副，陶然束手就擒地放弃推让，10块钱买的，已经残了一条腿，嘿。

那正好，赵雅仪欣慰地说，太阳镜是必须的，遮太阳倒在其次，主要是戴上它后，会使我们的人生迅速变得低调而神秘……

81

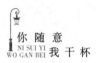

哈——，俩人同时开心大笑。

这同性之谊，让她们既感动又温暖，尤其陶然，眼眶都湿了，抑制不住内心的情愫，动容地说，我上辈子一定是个好人，所以这辈子有你对我这么好！

傻丫头，赵雅仪笑着轻轻抽她一下，好是相互的，有你这个妹妹，我想起来就暖融融的。

俩人去客厅坐下，赵雅仪冲了两杯速溶咖啡端上。

我也玩够了，赵雅仪身子陷在沙发里，面带厌倦沧桑地说，我已经想定了，洗心革面，接受一份新的感情，或者说，新的生活方式，以结婚为终极目标，不在意对方相貌帅不帅，有没有才华这些我曾经最看重的边围配备……只要他能给我安稳的生活，有合法职业和身份，50 岁以内，我就考虑嫁。

陶然静静坐着，无言以对。任何鼓励或者安慰都苍白无趣，连劝诫甚至祝福都显得不合时宜、浮于表皮。然而在陶然此刻的内心，如果幸福是她手中的一块蛋糕，她会毫不犹豫掰出一角来送给她的雅仪姐姐。

25

长腿，衣服漂亮呵！真牛叉用高度欣赏的眼光观摩了一会陶然，表扬道。

谢谢，陶然嫣然一笑，以后要夸我人漂亮，好么？

人更漂亮，人漂亮了衣服才能穿出效果，真牛叉见风使舵地补充一句，俩人一先一后闪身钻入同一班电梯。

张佩在前台抹自己的桌面，看到陶然体面的新衣服，眼都直了，问道，新买的呀？

别人送的，陶然答。

真牛叉越过她二人，向办公室先去。

八卦的张佩竟然不打听谁送的，而是看似随意地问陶然，你怎么没跟同居男一起来的？不至还要故意错开吧？

嘘，陶然食指竖在嘴边吹一口气，他买早餐去了，我先上来的，说完转身离去，留下张佩在原地发怔。

忙过一阵后，陶然上线找人闲聊，张佩 MSN 上的签名拉得老长：世上最遥远的距离，不是生与死的距离，不是天各一方。而是我就站在你的面前，你却不知道我爱你。

亲爱的，何故惹闲愁？陶然敲了一行字发给她。等了会，不见张佩回复，倒是陶静忽然传来一个闪屏振动，问她，忙么？

还好，陶然回复，你呢，在干嘛？

听歌，陶静回复。

嗯，陶然回复，网上有很多原创，好听的很多。

先上网的就是比后上网的有优越感，陶然一遇上网上的陶静，就忍不住摆老资格。

隔了会儿，陶静分三次向陶然发来一首歌词。

网上一个你

网上一个我

网上你的温柔我就犯了错

网上的情缘

也卿卿我我

爱一场梦一场

谁能躲得过

网上一个你

网上一个我

网上我们没有过一句承诺

点击你的名字

发送我的快乐

接收吧接收吧爱的花朵

轻轻的告诉你我是真的爱过

你曾经真真切切闯进我生活

不见你的时候

我情绪低落

只有你能刷新我的快乐

轻轻的告诉你我是真的爱过

你的哭你的笑深深牵动着我

你总说这真真假假难以捉摸

我喊着爱人呀

别想太多

作为一介资深网民，陶然对此曲耳熟能详，输上《网络情缘》四个字，回复给陶静，以示她的知道库里有这么一笔文化遗产。

你听过？陶静问。

呵，陶然回复，网上风行过的。

很好听，陶静回复，浅吟低唱，旋律伤感动人，歌词也特别实在……

陶然在电脑前咧嘴失笑，陶静作为宽带网的初级用户，此刻在她眼里就是个咿呀学语的小儿，而她陶然，显然已经是一个网坛老人了。念此，她纯属无意地开了句玩笑，你网恋了么？陶静回她一个图释，脸蛋上两朵红的害羞头像。

中午吃快餐，大队人马进驻小会议室，佐餐话题灵活多变，从杜拉斯扯到杜蕾丝，陶然去得较迟，见室内人员严重超编，立马定住前往的脚步，招呼跟自己身后的张佩，一起去了人烟稀少的大会议室。大会议室就一个女博士，一袭黑色曳地长裙，已然啖毕，高雅地同她俩点个头，仪态万方地走了。

跟你说话你怎么不理我呵？坐下后，陶然问张佩。

是么？什么时候？张佩语气淡漠地反问。

我 MSN 你了，你都没回应，陶然说，你用那么煽情的句子做签名，想关心你一下，不是失恋了吧？

恋都没恋，何来失恋呀？张佩仍然一脸的情绪不高。

我觉得你这些天样子怪怪的，是不是在补习班遇上个同桌的你了？

你也太小看我了吧？张佩不满意地看陶然一眼，至今还和我一样在大专补习班混，我能从这个跑道上物色人选么？

也不能这么说吧，陶然反驳，有些人早年失学，投身社会，功成名就后重返课堂……也许坐你旁边的胖子，就是个大人物，一个决策就可以影响到整个亚洲的金融秩序……

扯蛋吧，张佩不屑地打断陶然，这种严谨治学的进修班是为求索中的穷人特设的，大人物家的远房表亲也不会有一个的……你是真傻还是在装天真？

我装啥子天真呀？有必要么？陶然扫兴地埋头专心吃饭。

我要找个感情专家咨询一下，张佩又说，我这到底是什么心态？

我就是半个感情专家，你先问我吧，免费的。

好，张佩饭也不吃了，面向陶然郑重要求，你要尽最大智慧和真诚回答我，我需要你的心理辅导。

好，陶然一口应承。

嗯……我想想怎么跟你说，张佩说，你先给我看个诊，你认为我如果一旦恋爱，或者说喜欢上一个人，是不是那种会投入很深的人？

这个……，陶然为难地看着张佩，这种纯私人的感受，当事人结论才准确吧？

我认为我对我自己判断失误，张佩无奈地说，一直以为自己是把感情作为奢侈品对待的，现在才发现有点像必需品……不过这感情是没前途的，但是偏偏我越想克服越是不能摆脱，现在除了睡觉，满脑子都是与他相处时的几个片段。

你……是不是爱上人家有妇之夫啦？陶然问。

比那也好不了多少？张佩说。

什么叫好不了多少呀？陶然追问，人家有女朋友，还没结婚？你不如把他带出来我见见吧，我也好有个实物观感。

张佩深深看陶然一眼，不答理她提出的建议，而是用饱经风霜的口气说，我算是信了，爱是会因为得不到，因为感觉无望而恋之愈深的……认识两年多都相安无事，某一天面对面相处，发现他竟然那样有智慧、有幽默感，不由就动了心思，想着他如果追我，我一定要答应，等他追吧……可他没来追我，据我目测，好像将来也没有追的意思，他说不定是想追另外个女孩子？

哦，陶然短促地哼了一声，都什么年代了，你追他吧！

我是不会主动追男人的，张佩说，没面子不说，自己一点骄傲也没有了，修不成正果徒留一个话柄，修成正果留一辈子话柄，况且主动了人家如果无意，脸都没处兜！

哦呦，陶然嘲笑她，你还真是老朽得紧，思想竟然这么不开化。

所以我问你呀，张佩说，我看上去像那种爱起来就不顾一切的人么？不像呵，可为什么现在每天都过得很揪心嘞？

到底谁呵？陶然问。

你不认得的。

陶然耸耸肩，那就不好发表高见了……晚上陪我逛街去吧，我要买鞋。

没人陪你么？张佩反问。

谁陪我？陶然诧异着眼睛反问，在你眼里我是个有听差的人么？

知道还问，张佩一撇嘴。

你不会把人家仇司令看成我的听差吧？陶然怪叫。

你这衣服不是他送你的？张佩问。

哦卖糕的，陶然快要晕死的样子，什么人呐？他送衣服，他凭什么送衣服给我？……衣服是我姐姐的同学送我的，她以前过日子很奢侈，买了很多很多高档的衣服，她人现在比过去胖，有的不能穿了，就无条件送给我了。

张佩用手指捻下子陶然衣服的面料，说，那你不是占大便宜了?!

是嘞，陶然说，最近不知走了什么财运，亲爱的姐姐送大堆靓装，亲爱的同事把恁好房子租给我，只收一丁点儿钱……哇，瞧我这大嘴巴，还吩咐仇司令这事不能往外捅的……不过跟你说了也没关系，你是不会误会我的，对吧？

我第一个误会你，张佩牙尖嘴利非比以往，不叫误会，叫前瞻，我赌不出半年，不是你把他睡了，就是他把你睡了！

陶然怔怔地看着张佩，半晌冰冷地说，我取消晚上跟你的约会，宣布跟你绝交半日，请你下午不要找我说话。

傍晚下班后，陶然一个人逛了华强北的商业街。先逛百货公司，后逛临街门市专卖店，只要有鞋售卖的店，就蹩进去遛遛。她心中早有框定的鞋风貌鞋气质，期待能在市面上找出所见略同的英雄代表作，于是不停地寻找寻找。实在看那些过分尖头的不顺眼，生生在鞋头安了根避雷针，鲁迅那时要穿上它去踢鬼鬼可就惨了。

她这次出击主要是为她新斩获的衣服寻找合作伙伴，她的脚比赵雅仪大了两个码，没法继承她的脚上用品。她在穿戴上又是个有个性主张的姑娘，不拒绝潮流但也不一味效纳，适合是她的宗旨与底线。她出来之前就已经想好了，她要买的鞋，气质风韵要独特，优雅的要极尽优雅，尖头高跟却又不夸张怪诞，这是跟女人味十足的部分服装搭配武装的；活泼可爱型的要简单大方，这是跟牛仔裙适配的，总之她的穿鞋理想不是随随便便就能实现的。

她最后抱了三双美鞋，在街边米粉店吃了一碗汤河粉，踏上回家的路。

到家时已经快 11 点了，仇司令端坐在客厅沙发上看电视，见她回来，送上一个稍显落寞的笑脸，问道，买什么了，逛这么久？

都是鞋，陶然对他亮亮手中的提袋，趿上拖鞋，直奔自己房间，掩上门，下了锁。

效果之好，出乎她的料想，她一共配出三对超级满意的组合，对镜搔首、弄姿，无限满意，终于按捺不住炫耀的冲动，跨出房门，施施然跑出敬请仇司令赏析。

仇司令表情略显意外，定定看她，尔后一反以往的作风，舍去喋喋不休的溢美之词，仅是含蓄又不失真诚地表扬一句，美就一个字！

就寝前，她与他在洗手间门前相遇，她止步，意思让他先，他却也停住，望着她。这凝望像发情剂让两人顿感空气缺氧。

你不用洗手间么？她问他。

他不回答她，坚持盯着她看，我，可不可以……ＫＩＳＳＵ？他把 kiss 的四个字母拆开念。

她轻蔑地翻他一个白眼，闪身钻入卫生间，用力合上门，嗒地一声落锁。

她出来时还在担心他会不会在门外站着，结果没有。她忽然想起张佩的预言，心神加倍不宁起来，难不成，自己的情途爱路，真的要随着一次仓促冒险的搬迁而发生转折或者波折？

26

中午，好爹纠集人员去山珍居吃自助火锅。该店号称以原产正宗野山菌为特色主料，一直以来价位居高不下，公司人一般把自费往那儿吃饭看成是找抽的行为，现在忽然听说推出 28 元一位的自助，这是一个令人心动的价格，群情踊跃，好像不去就错过一次花小钱高消费的机会。

陶然没去，不是主观无意，而是手头事没处理完。客户就是上帝，扔下上帝跑去吃火锅，这在公司明镜高悬的行为守则里就是渎职。张佩也没去，前台离不开人，没人自愿替她顶班，她就得留岗，以前有个和她关系交恶的女同事，就曾骂她是看门狗，极大地打击过她小人家敬岗爱岗的热情。

活儿收手后，陶然跑去前台取委托公司代订的快餐，看到张佩和女博士在前台，张佩在哈哈大笑，女博士苦着一张脸。

陶然一个人在小会议室嚼着米饭，感到米饭是那样不好吃，脑子里闪出一种味道很好的矮胖瓶子桂林辣酱的幻影，那是张佩经常拿来跟她分享的开胃调料。她发了条短信给张佩，一会儿张佩就拿着辣酱瓶子过来了。

昨晚血拼去啦？张佩问陶然，一屁股坐下。

陶然挖点辣酱抹在饭上，无精打采地回应张佩，是呵。

怎么不高兴呵？张佩再问。

乱花钱，有啥好高兴的？陶然苦着脸说，我现在想起来已经很后悔了，三双鞋子花去我2000多块钱，我怎么有这么大气魄呢？我又没中奖，也没横财，也不要到哪儿去出席晚会，我一个没出息的低级职员，我要把自己穿那么高档做什么去呢？

哎呀，张佩安慰她道，反正你也不是老这么花，偶尔一次，上帝他老人家会原谅你的。

上帝他老人家原不原谅我关系不大，我娘她老人家不能原谅我才是问题，陶然说，我娘如果知道了不犯心绞痛才怪呢！

不让她知道不就成了，难不成你这么大的闺女，事事还得跟你娘汇报？

你不知道，陶然无奈地看一眼张佩，我娘同意我搬出住，是因为我说要存钱才批准的，我还同意把每月的盈余交给我姐姐保管……唉，不谈了，大不了再搬回去住。

你舍得撇下仇司令孤零零的一个人么？

我舍得，陶然反唇相讥，你舍不得你就去陪他嘛，反正都是同事，呵？

张佩一怔，随即哈哈大笑起来，笑得小脸通红，边笑边敲打着陶然一侧的肩膀说，告诉你件好玩的事，刚才……刚才……刚才……张佩一连刚才了若干次也没说出完整的一句来，陶然不耐烦了，挥着手跟她说，等会儿把你的笑话整理成书面材料，从MSN上发给我吧。

晚上回家，陶然与仇司令共进晚餐时，忽然想起张佩MSN给她的所谓笑话，严肃地问仇司令，听说你今天让人家摸了，还浑身上下通摸了一遍？

仇司令一头雾水的样子，陶然启发他，就是今天中午，你们去山珍居吃饭的时候，女博士……

天呐，仇司令惨叫一声，追问，谁这么好口才？这么能八卦性总结？……今天中午发生的是多么惨痛的事，谁竟把它描述成一出香艳传奇？

原来女博士今天中午也破例接受了邀请，跟大伙一起去聚众火锅。她是个中度近视眼，临往前，白日梦建议她摘掉眼镜，一说火锅热气腾在上面难受，二夸她不戴眼镜有女人味，女博士听了劝，裸着一双眼跟着去了。然后在餐厅就发生了据说仇司令被摸了的事故。因为与餐人员众多，餐厅服务员先把他们带去二楼包间，后来发现坐不下，又往楼下大堂，一行下楼的人中，女博士追在仇司令身后，后来就发生了人肉追尾。据女博士自己对张佩的交待，她的动机只是想凑近了求证一下仇司令穿的衬衣是不是ELITE牌子的，却在那时候脚一扭，整个人身扑向了仇司令，求生的本能让她不顾一切一把抱住了仇司令……

人家女博士挺可怜的，仇司令说，吃还没吃就摔这么一跤，也没心情吃了……她这还是第一次主动接近群众嘞。

你们回头是不是又在饭桌上把人家取笑半天？

公然地言语取笑倒没有，仇司令说，不过那几个大小八婆一会儿就没命地笑。

天气越来越热了，你屋里没空调，你看要不要安一台？吃完饭仇司令问陶然。

要安也是我自己的事，你那么积极干嘛？陶然一点不领情。

仇司令一副受伤的表情，喃喃自语地追问，喜欢一个人也有错么？

你喜欢我？陶然瞪大眼睛问。

不是喜欢，是爱，仇司令勇敢地看着陶然，我爱你很久了！

你没发热吧？

你摸摸就知道了。

切，陶然白他一眼，转身回自己房间。

27

赵雅仪刚进家门，手机叫了，是不为她所喜闻乐见的于天拓。接吧，看在他没有名誉老婆的份上。没老婆的男人在她此刻的取舍天平上是一砣很压秤的秤砣。

小赵呵，于天拓有着总理一样的慈祥亲和，出来吃饭吧，很久没见你了……

赵雅仪答应了。于天拓说饭局设在福民路的金海湾大酒店时，她马上作出了接受邀请的决定。金海湾就在她家附近，用爬的方式过去也不会超过十分钟。

在一间带卡拉 OK 良好设备的包厢，她准确找到了他们。他们是两个人，于天拓、小体积郑局。

这餐饭并非闲来无事纯属消遣的即兴之作，是商人于天拓意图在郑局权辖区内开发新的合作项目设下的谈判宴。两名人男花去二分之一以上的时间讨论了合作事宜、所找项目及具体细则，这过程中，赵雅仪充当一名见证人与服务员的角色，基本没费一唇一舌一滴唾沫。

小赵呵，于天拓忽然把矛头指向她，当然，是一把温和到温柔的矛头，如果我与郑大哥合作正式上马，想请你作为深圳方的业务代表前往驻地，这也是郑大哥的意思，一来在你的家乡投资，你有人脉优势；再则郑大哥更相信你的能力与人品……

赵雅仪吃了天大的一惊，甫定，又听郑局在问，如果到时要你常驻江边小城，会不会委屈了你？

怎么会？我的中国胃常常乡愁无限，哈，她笑一笑，看看于天拓又看看郑局，由衷地说一句，只是，我怕我担当不起如此重任呀？

这个你不用担心，于天拓宽慰她，只要记得一句，有困难，找郑局！

饭桌上立刻响起男女声混合三人笑。

饭罢，二男一女一起去捏脚，捏了两个钟脚，捏脚与即兴聊天齐头并展，也算一个愉快的夜晚。

28

周末下班，陶然应陶静要求，去其家中吃饭。她们的娘，这两天计划回老家了，要抓紧时间陪老娘。其实真没啥好陪的，老人一旦有了第三代，中间一代就成了夹心饼，时不时还嫌多余。陶然来到熟悉的旧居地，帅帅携外婆在小区草坪上跟一群人玩，陶然远远挥臂招呼，先自上楼。

陶静在厨房做饭。陶然从冰箱找吃的，找出一块榛子巧克力，很大扁平的一块，已然拆封，动手取出掰了一角丢进自己嘴里，主动去厨房帮忙。腮帮子鼓鼓的陶然，看到了令人啧啧的一幕。陶静，她正在厨房敲鸡蛋，干得专心致志、目不斜视，两鸡蛋在她两手的挟持下对撞，撞裂的一方被掰开，蛋清蛋黄被沥到垃圾桶，蛋壳被利索地扔进碗里，三只珠圆玉润的鸡蛋片刻间香消玉殒，以同种方式被办了。办完它们，陶静也傻了，呆望一阵，糟粕在碗里，精华在垃圾桶里，污染严重，挽救已没可能。她无奈地对陶然说，帮我从冰箱取三只鸡蛋来。

陶然把头探近垃圾桶查看，坏了么？看上去没坏呀？

费话那么多干嘛？陶静烦躁地挥着手请她出去。

陶然跑出厨房，陶静也跟着跑出，把自己整人往沙发上一掷，放平。

日子太缺少惊喜了，陶静又沮丧又挫败，声音闷闷地说。

陶然指丫里钳着三枚鸡蛋，也停在客厅，看着无精打采的陶静一会，建议说，要不不要做饭了，出去吃，我请你们？

陶静想了想，说，请我吧，就我们俩出去吃，找高雅一点的餐厅，他们回来吃家里的……带着帅帅外出去吃饭我就只够管他，对着他大呼小叫，实在不行还要又打又骂，我就是一保姆，一孩子娘，虽然我本来也就是……我太讨厌自己这样子了，想换换角色，也有点自我，有点年轻人追求的情调、情趣……

陶然转身把手里的鸡蛋放回冰箱，对陶静说，你去换件衣服，我带你去一个你一定满意的地方，特别有情调。

一对姐妹花，看上去的确赏心悦目，背着各自的坤包，踩着颤巍巍的高跟鞋，先到楼下跟草坪上的祖孙俩辞行，谎称有朋友约，光明正大地撇下一老一小。

陶然拉着陶静，正待举手挥的士，陶静忽然说她口很渴，出门时想而未及喝水，要去对面超市先买瓶水，陶然没理由拦住不许。

陶然站在外头等。陶静一头冲进超市后久久没有冒出来。陶然左顾右盼秋水望穿，还回忆了较早的时候看过的一期法治报导，讲述一个老头的不幸故事。一个年逾花甲的老头，在超市摸了一板电池灌进裤子口袋，没给它结账就出了超市大门，被超市防损员追拦下并请进保安室训问，该老头后来心脏病突发，再也没有竖着出来。陶然不担心这个，一，她姐姐心脏没有问题，其它器官史上也无有问题的前例；二，她姐姐是年轻人，据说爱在超市小偷小摸的都是些中老年人；三，她姐姐有常识，知道超市物品上有感应磁，出门就会叫；四，……种种可能，她姐姐都不可能被迫扣留，那么迟迟不出来，原因只会指向一点，即她自愿逗留在人口稠密的超市。

陶然生气又无奈地杀进超市，遍访饮料区也没捕获到所要寻觅的美妇身影。她掏出手机，准备用发短信的方式找到她。这时候她看到了陶静。陶静欣喜地驱着购物车冲过来，购物车里层峦叠嶂，至大丰富，肉眼无法卒睹。

陶静难为情了不足一秒，零点几个秒后脸色即刻春风化雨，巨大的满足与庆幸绽放在她出发前精心扑过 SK II 脂粉的脸上，她双目熠熠生辉，直射着锃亮的光芒，用抑制不住的激动声音说，千载难逢呵……超市在过猪肉节，猪肉、猪骨头，猪的五脏六腑全部在跳楼甩卖的限时抢购中！

呐呐呐，陶静难掩丰收的喜悦，把战利品一一拎起向陶然展示，这是猪蹄，我买了三斤，一斤比平时要便宜四块钱，光这一项就省了 12 块；还有瘦猪肉，你猜多少钱一斤今天？四块九呵！

你见过卖这么便宜的时候么？反正我是没见过，我一下子买了10斤，这是一个人可以购买的极限，如果你在，就可以买到双人份了……但情况不允许我跑出去叫你，当时竞争太激烈了，等我把你叫来估计一份也买不着了……你看看，我的鞋子，一个死肥婆踩的，一脚踏在我脚背上，我都顾不上跟她吵架。

你再看，陶静历数着她的胜利之果，我还抢到了猪腰子、口条、扇排、肋骨、精肉馅……

哇，陶静像死过一回一样大叹一声，你没瞅见刚才那场面呀……以后上车不用给老头老太们让座了，哇塞，那叫一个英勇啊！

陶然反应冷淡地看着，问，买这些东西，还怎么去吃饭？

服务台可以寄存的，陶静脖子向一个斜角里绕了绕，又说，不过，我不打算寄存，想先送回家再说……再去看看，那边水果也在搞特价，不待陶然反应，陶静已经推上购物车闪电侠一般杀进一帮花白头发的人群。陶然远远望着，在轰抢救济物资一样的人头中，她亲爱的姐姐是唯一一枚拥有不俗外貌的年轻女子。她一个小时前刚刚觉醒的追求情趣的意识，随着超市的一场猪肉节活动宣告流产。

一对姐妹花，在路灯的照映下，提着沉甸甸的马夹袋走在回家的人行道上。

你差不多买回了一头猪，陶然把袋子搁地上稍歇，摩挲着被勒得生痛的手指。

那还是没有，陶静也扔下提袋喘息，不过可以说是把猪身上的各个部位都取了样……哎，天呐，鞋跟太高了，像踩了高跷。

陶然冷笑，那要记住，下次买菜，不用穿这么隆重。

这是意外，陶静说，也不是为了买菜才出来的呀？

哈，原来你还记得？我当你被菜市的物价一刺激，早忘记出来的初衷了呢？

嘿嘿，陶静喜唰唰一笑，我的坏情绪已经全面不治而愈，不过还是要感谢你，没有你我也不会出来这么一趟，赶上这么一个好机会。

明白，陶然点着头说，下次给你开导心情，也不用这么麻烦，还换衣服化妆什么地，直接把 100 块往你家门口一丢，估计你马上就……解放区的天是晴朗的天！

我不是无故寻愁觅恨的人，陶静忽然把一种叫深沉的表情摆上脸，纵然我偶尔抱怨生活无趣一成不变，我还是会以积极理性的姿态面对……走吧，陶静一声令下，提起脚边两只大马夹袋，藐视了高跟鞋制造的困难，步伐努力坚定稳焉地领先而去。

29

中午吃快餐，陶然提着快餐盒，去小会议室。几头男分别在座，好爹正口沫四溅地教训真牛叉还不知仇司令，面瓜，大面瓜，一号大面瓜……想亲就亲，先扑上去搂住亲了再说，耳刮子上脸也就一回头，这事儿怎能先征求人家姑娘的意见呢？人姑娘……

陶然从门边一闪而过，真牛叉的呼声紧跟着响起，长腿，进来坐……

陶然坚持跑掉了。自从与仇司令伙租，她总下意识地回避跟他扎一堆快餐，仇司令看她的眼神带着自家人的意味，这让她泰然无法处之。

　　陶然选择去大会议室，刚坐下，手机振动了，收到短信息。

　　我在洗手间便便，没有带手纸。是张佩的。

　　陶然呵哦一声干呕，回自己格子间取了面纸送去洗手间。

　　长腿——，张佩听到脚步声先自叫出声。

　　人家吃饭你要大便，真讨厌！陶然把一个小手纸包从门上边递进去。

　　光有这个不够，张佩接过纸巾包后说，妈的上个月营养太好了，大姨妈提前驾到，你那儿有没有卫生棉？

　　没有喔——

　　那你帮我出去找人要，不垫不行，来得突然，来势汹涌……你先找白日梦要，她经期紊乱，办公桌里常年都有卫生棉配备。

　　哦，陶然义不容辞，只好听命而去，回到办公室，马不停蹄地四处寻找白日梦，格子间，前台，大小会议室，白日梦却像放牛的王二小一样不知去向。

　　陶然就近抓住白云凤爪问，梦嘞，看见梦没有？

　　她呀，白云凤爪阴阳怪气地说，她跟白瘦嗲下楼吃好的去了……她们两个最近友情看涨。

　　呵，这样子呵……那，你那儿有没有多余的卫生棉攒着，消息树不行了，被大姨妈搞了突袭，蹲在马桶上下不来，有库存的就接济她一片，呵？

　　卫生棉没有，白云凤爪说，护垫倒是有几块，几块护垫叠起来用也就相当于用了一块卫生棉……要不要？

　　那……好吧。

　　张佩把五片卫生护垫一次性垒在底裤上，像最艰苦卓绝的年代打出的一道革命补丁。

　　挖，张佩系好皮带，步出独立方便间门，脚步开开地走上前拧开水龙头洗手，目光鬼鬼地问站玄关处等她的陶然，像不像被人强奸了三天？

还好，陶然在她屁股上拍了一巴掌，没有三天，最多两天半。

你好像很有经验嘞，半天的差别都能观察那么仔细？是不是亲历过了？你跟同居男还没圆房么？

妈的，你到底什么心态？你老打听这事干嘛？要不要我在屋里给你搭个铺，24小时监控？

俩人一起回办公室。张佩把手上的水珠子朝陶然头脸上弹去，赔笑地说，气星，这也要跟我光火？给我安排个铺位我巴不倒呵，要不今晚我就跟你回家？

你不介意我就向仇司令建议，让他把客厅租给你当卧室？陶然本意是玩笑，没想张佩却连声应承，好哇好哇，你抓紧时间把报告打上去。

陶然下午事多，顾不及跟人聊天，陶静多次向她发来闪频振动，她也没空回复，晚上加班到七点，疲劳中踏上公车回家。她早前收到仇司令的短信，让她下班等他，一起去楼下餐厅吃饭。她短信了他，他回复她说在新华都西餐厅。

陶然特别中意新华都中西合璧的作风，菜式上，西有牛扒芝士虾镇店之宝，中有茄子煲鱼头煲腊味煲煲煲浓香扑鼻；环境舒适幽静，坐台餐具优雅有品，让陶然情有独钟的是该店例汤，她认为新华都八元一例的例汤是她喝过的最真材实料煮功一流的家常汤。

陶然收到短信，情绪上的低潮马上缓解一半。那句话是不全面的，通往男人的心是男人的胃，其实女人也不例外。辛苦忙碌一天，吃点好的睡个好觉，这是基本人性的欲求，不分男女老幼，差别只在于大家对好的标准各有折中。

和久病成医一个道理，仇司令下单的菜肴无一不惹陶然欢心，她举起筷子吃得油光满面，斯文扫地，边吃边对仇司令说，你真是太好了，如果今天还让我做饭，我会得抑郁症的。

只要你乐意，仇司令说，每天都可以出来吃，外面吃厌了，偶尔在家开一次火，感受一下家庭生活。

你这么不会过日子，将来怎么娶老婆养小孩呵？

又不是天天山珍海味，吃一点家常菜还不至于动到我的筋骨吧？不过我也没想那么远，老婆都还在空中飘嘞，孩子？哈哈，听上去几多遥远……但是就算事到临头，也不至于难倒我吧？好多爹能扛家我就不能啦，没道理！

喂，有个省钱的方子你要不要试试？陶然问。

免了，仇司令一口否决，我压根就不主张省钱，一介草芥，处处受制于人，也就剩个花小钱的自由了，如果连这点都要自我剥夺，省下的钱将来指不定都入了安定医院的账户。

那……行吧，不说省钱，省得你老人家把这事看成人生重大禁锢……帮朋友一个忙你愿不愿意？……张佩，她想租你家客厅当宿舍。

仇司令饶有兴味地望着陶然，半晌说，是你建议的吧？你是不是想把你姐们儿拉进来，在我们之间筑一道防火墙？

你怎么有这么奇怪的想法？

一点不奇怪，仇司令说，自从你搬来住后，你上班也要先走，下班也要晚回，吃饭也要避开我……我一颗心已经被你伤得血淋淋地了，跟我一起让你感到丢人么？

你这人怎么这样想问题呵？陶然也生气了，我是感到羞耻，我怕别人误会，也怕别人料透我们迟早睡一起或者早就睡一起了，每天打听我们进展到哪一步了……所以张佩如果搬进来住，我觉得我的嫌疑也可以卸下一半。

我的嫌疑却要翻一番，仇司令说。

你那算嘛嫌疑？证明你有个人魅力！

不用证明我也知道，仇司令用受伤的表情说，我没有个人魅力，不然你也不至于这么要同我划清界线。

你到底怎么回事？陶然放下筷子不吃了，说，我们索性把这个问题兜兜清爽先……你难道真的喜欢上我了？

你不相信我也没办法，仇司令故作无奈地说，也许你是装作不相信，以此拒绝，这样我就更无话可说了。

可我凭什么相信你呢？

你凭什么不相信我？

因为你这样的小男生就爱胡说八道，常常把追女生当成日常娱乐项目开展，也可能你已经跟什么人打了赌，保证能把我泡上手？

仇司令惊得没从椅子上掉下来，摇头哀叹，老大，如果我早知道爱开玩笑会结出这种恶果，我一年前就把这爱好戒了……其实我这样的男人通常都是很自卑的……现在的姑娘，但凡条件不俗的，都会选择一锹挖口井的人生步骤——这不怪人姑娘，慢慢混当然比不上速成，何况慢慢混的结局也不一定就能皆大欢喜……我很早就开始喜欢你，但一直没勇气表白，像你这么讨人喜欢的姑娘，嫁个中级大款是不成问题的。

你真是太看得起我了，陶然自嘲地一笑，为了向你证明我不是那么高不可攀的一个姑娘，也非非大款免谈的姑娘，我就不惜自毁形象一把，跟你说说我史上不成功的恋爱经历……很简单，我的抗拒恋爱非原发性心理障碍，我爱过一个男人，他不是任何

101

一个级别的大款，也没有任何身世背景，他一穷二白跟所有奋斗中的年轻人一样，他吸引我的是他的才华，在我眼里他非常有才华，有锐气，口若悬河又非常懂得保持高贵的沉默，我这么说你可能会把他想象成官场中的混子，其实不是，时至今日我仍然会为他的骨气和才情折服，尽管他从来没把我当回事，但我曾经是他忠实的扇子，愿意一腔热忱地追随他左右，做他背后无私奉献的无名女人，但他拒绝了，任我如何哀求请愿也不为所动，我爱了他整整一年七个月，这期间也没能让他爱上我，我受尽了单相思的折磨，可以说，那段时间，我的爱情腺空前损耗，分泌了一生之中最大量的激素，从此后爱能力就疲软了……这经历让我体会良多，爱一个不爱自己的人，就是一场困兽之斗，那时我每天都要跟自己展开对话，一面试图摆脱，一面总结教训，我希望自己从此以后再不会重蹈覆辙，失陷在这种劳命伤神，不利健康美容的精神劫难里……果然，就像出过水痘后就有了免疫力，一直到今天，我都过着枯井无波的好日子，哈……我记得我确定自己已经初级阶段地告别某人的时候，我激动得热泪盈眶——那是一个初春的早晨，我从空虚不堪的睡眠中醒来，发现自己不能回忆起他的电话号码了，要知道他的手机号码是我唯一联系他的途径，我忘记了我就再没办法找他了，我简直欣喜若狂，曾经那样烂熟于心的号码，而我做到了——遗忘！

仇司令表情复杂地听完陶然的讲述，手指推推鼻梁上的眼镜，遗憾又神往地说，那么好的感情，我能得到该有多好呵！

陶然很大动静地叹一口气，无言。

我爱你，仇司令勇敢地看着陶然，勇敢地说，我以后要每天重复告诉你这个事实，直到你接受……有一句网友留言很好地表达了我的心声——你可以选择爱我或者不爱我，而我只能选择爱你或者更爱你!

陶然看着他,像受到很大震动,良久无言。

30

陶静坐在自家卧室上网,多次给陶然发了闪屏振动而无回应,不耐烦中她操起手边的电话给妹妹拨过去。

你怎么都不理我呀?陶静问。

我怎么不理你了?陶然反问。

我在 MSN 上振了你好几次,你都没反应!

哦,没注意到,正在看一份标书,电脑蔽屏着嘞。

快上去,我给你发张靓仔的相片。

有空再欣赏吧,现在没空。

哎呀,耽误不了你多长时间的,你先瞄瞄,如果形象上你还满意,就考虑一下能不能做个网友先。

你想干什么呀?陶然问。

实话跟你说吧,陶静说,我认识了一个非常不错的网友,各方面条件都相当不错,虽然我也没见过他,但通过与他的网聊,以及他发给我看的照片,还有视频连线,我觉得他是我很愿意接受的妹夫人选……我觉得现在已经是时候把你们介绍给对方了。

老姐,陶然拖着长腔警告陶静,我的网龄比你长了一个海岸线,我都没想过去网上淘宝,还劳你给我介绍个网友?

哎呀,万事都有个机缘巧合的嘛,先不论是非成败,你赶紧上线,先看看他的照片再说。

你发吧,我在呢。

陶然打开接收到的文件，好一头帅哥扑面而来。

不错，陶然对着手里尚未收线的电话筒表扬了两个字，像韩国男星柳时元。

我说的吧，陶静欣喜的声音从电话线里传来，视频上看更帅，我等一下把他的 QQ 号码发给你，你加他吧。

好，陶然一口应允，但求息事宁人。

陶静满意地收了线。

陶静一个人在座椅上发了会怔，显得百无聊赖又怅然若失，重抱起电话机，用劲想了想，拨出一串号码。

一个小时后，赵雅仪与陶静坐进一间打着免费续咖啡横幅的寿司店。两人不出意外地一致点了咖啡。赵雅仪看上去精神面貌不错，陶静看上去是颓靡的。

你怎么没精打采？赵雅仪问，你主动约我出来喝咖啡，这事儿你为人妻母之后就戒了吧？

烦！陶静进出一个单字。

你也会烦？赵雅仪摆出一脸的不信，我当你每天都过得既充实又幸福，烦只是我这种嫁不出去的老姑婆的专利嘞。

扯吧，陶静没好气地说，谁不烦呵，我比你更烦……你的生活还有梦想还有期待，我的生活毫无惊喜可言，我一年 365 天，有 360 天是烦的。

真的么真的么？赵雅仪迫不及待地求证，你不是为了哄我开心故意这么说吧？你知道我是很妒忌你的，巴不得你过得不好我才能平衡，如果你很烦，就证明你过得也不是很好，有没有具体事由，说出来让我高兴高兴？

陶静讶异地看着赵雅仪，没想到她会说出这样一番话来。她们俩个小学开始同学，此后的二十年间，一直维持着断断续续的交往，心存芥蒂的友谊，先后来到深圳，有过扶持与帮助，后为同一头男意乱情迷，争风吃醋不惜交恶，双双未遂后分别从对方视线蒸发，失散近两年，再度意外相遇，冰释部分前嫌，有距离地重拾旧欢……分分合合几载恩怨，像一对怨偶夫妻，无法一拍两散彻底决裂，也做不到重返两小无猜的童年。

陶静本来还有倒隐情的欲望，把她跟帅哥网友的交往有保留地倒一部分给赵雅仪，她太需要人倾诉了，她知道赵雅仪本人一直是个帅哥爱好者，她会与她产生共鸣的。但是现在，通过几句对谈，陶静决定缄口，历史上的今天，赵雅仪不适合担当此任。

赵雅仪倒好似没那么多虑，还在绕舌追问，家庭出现第三者？你老公傻拉叭唧的，不像搞外遇的样子呀，你倒是棵好苗子，也一贯中意靓仔。

陶静再度心惊，竟然被眼前这个清楚她从前诸多秘密的八婆无意道破，她不得不装作轻描淡写地否决掉她的假设，故作发狠地骂道，妈的，烦一定要有具体事由么？经期烦躁算不算正当理由？老实说，我岁末烦到岁初，不在经期烦躁，就在通往经期烦躁的途中……我今儿找你喝咖啡也可以说是排解经期抑郁！

我有好消息要告诉你，赵雅仪不理会陶静的表述，落落大方地说，这是我今儿应你邀，舟车劳顿出来喝咖啡的潜动机，我打算认真处一个男人结婚，已经有目标了。

31

陶然去前台 COPY 资料，张佩二傻子一样坐着发愣，面色铅灰神情萎靡。

小样儿，怎么啦？陶然抽她一下，揉她两下，自己动手打开复印机。

吃得太好，睡得太不好，张佩无精打采地说，昨晚上街吃卤水，一个人吃掉一个拼盘，回家只想吐，折腾到后半夜才睡，睡没多会又醒。

能吃不能睡？那可是神经官能症的前兆。

已经不是前兆了，已经实实在在患上了，哟——张佩抓狂地振臂撒臆，你知道我今天早上怎么醒的？吓醒的呀，我梦见我在考数学，监考老师就是我从前的班主任，我趴在桌上做呵做呵，一题也做不出来，我就想抄后面同学的，他也同意让我抄，可我就是记不住他的答案，记住了，一转身往自己卷子上填写时就又忘了，而且不知往哪一格填，都快要交卷了，我竟然一题都没有答完，我心里那个急呵，我一急就铤而走险了，一伸手把后面同学的卷子给捞过界，纸片翻飞之间，老师神色凝重地向我走来……我就这么被吓醒的，醒过后心脏足足狂跳了五分钟，这自学考试真害得我好苦呵，马上就考试在即，我越想越灰心。

你个傻 B，做梦都是这样的啦，过不了桥，跑不快步，好东西总是快吃到嘴时突然惊醒，还好你没发梦蹲马桶，那样的话第二天床垫子都要抬出去洗了。

张佩终于被逗得哈哈大笑，笑完苦着脸说，我都愁死了，怕这是老祖宗托梦跟我说，甭考了，考也是白搭？

梦跟现实是反的，这话你听过吧？不说必然相反嘛，也不会必然印证，你只要复习好了，PASS 没问题的，不就 60 分嘛，运气好的蒙一蒙就过去了。

说得轻巧，张佩对陶然翻了一个大白眼，站着说话不腰痛，要考的又不是你……昨天让你申请的事申请了没有？

什么？陶然故作迷惘地反问。

就是关于在你们屋里临时加铺的事呵？张佩抱怨地看她。

哎呀，我忘记了，陶然说着，抓上 COPY 好的材料，忙得跟小太监一样急匆匆走了。

中午吃快餐，又是列位按惯例信嘴胡说八道的好时光，这次话题比较发散，上天入海无所不包，谈论了神五上天，女大学生网上发帖意欲卖身救母，美食街旺阁渔村推出的特价海鲜特到嘛一级别。同志们很热烈地议论完这届宇航员已经不用包尿不湿上天了，已经可以在太空进行一些日常行为活动了，已经……

仇司令忽然遗憾地大声叹口气，说，早知神五要上天，我怎么也要联系上杨利伟，请他带根横幅上去，到天上往下一挂，如此，我喜欢的女孩子就知道我有多喜欢她了。仇司令说着，不顾众人犀利的眼眸射出的道道诧异光柱，目光坚毅从容地刷向陶然。

陶然很机智，撇清反应动若脱兔，接住仇司令的视线不慌不忙地说，你看我干嘛，我也不认识杨利伟，也不能帮你送达请求。

你准备在横幅上写什么呢？真牛叉抓住问题的核心发问，就是要从天上往下扔的标语题辞，写什么？

对呀，张佩跟着真牛叉发同一疑问，你要昭告天下的是什么嘛？

我估计杨利伟不一定能同意替你办这事儿，好爹认真分析道，除非他也认为很有必要，他同意国家也不一定同意，又除非他出于义气，搞突然袭击，一声招呼不打，就从月球上把横幅瞄准地球一撒。

不要打岔，真牛叉制止好爹，让仇司令交代要借助神五上天，发布什么世纪宣言，快点说呀，你横幅上打什么标语？

这个，仇司令慢条斯理地说，我要请文科生好爹帮着好好策划一把，把我的意思通过一种卓而不凡的语言，感人至深地表达出来。

那你的大意思想是什么嘞？张佩着急地问。

对，好爹说，套用一句企宣界的行话就叫作，你的诉求点是嘛？

仇旭源衷心喜爱陶然，希望她能接受！仇司令表情肃穆地宣布。

哗——，白瘦嗲带头鼓掌，会议间一时掌声雷动，白日梦大声感慨，办公室奸情原来是这样炼成的！

张佩激动地呼吁大家举起面前的汤料杯，为伟大的办公室奸情干杯！

你们不要着急起哄，真牛叉以少有的冷静主持局面，喝彩、干杯可以为司令的神勇无边举行，说实话，司令的英雄壮举不仅感染了我，也教育了我，像条汉子……但我们还是要听听当事人之一，长腿的声音……长腿，你来表个态，你和仇司令已经进入正经恋爱的程序了么？

大家都很紧张的盯着陶然，静待下文，陶然看上去胸有成竹，55555 假哭几声，非常悔恨地说，这是偶（我）跟仇司令密谋策划的一场小型娱乐综艺节目呵，你们怎么都当了真嘞？我赌你们不会这么幼稚的，他说你们就有这么幼稚，结果还是我输了……知不知道哇，你们信了，我就输他一顿山珍居的自助餐呐，你们还拍了小手，那我就得连着请他一个星期呀，同志们、同胞们，为嘛久经沙场的你们，这回耳根子会这么软嘞？害我蒙受多大的经济损失呀！……28 乘以 7 乘以 2，是多少？这仅仅是我账面上的财产损失，还不包括可能引发的种种意外开销……

真的假的呀？白瘦嗲代表众人求证，我们也很想促成一对办公室恋情呀，尤其像我这样的已婚妇女，已经没身份谈阳光雨露下的恋爱了，婚外情又太累，得不停撒谎圆谎，跟老公斗智斗勇，跟情人东躲西藏，最后还跑不了东窗事发……但是爱情又是人类永恒母题，而我呢，作为一个雌激素旺盛的个体，春心大大未泯，我相信这一点，同样作为已婚妇女的凤爪妹子也一定深有体会……

说你就好了，白云凤爪插上一句，不用捎带我。

好，白瘦嗲应一声，继续说，比如看韩剧，无异火上浇油，多么期待生活中能有这样的爱情，就算自己涉足不了，看人谈恋爱过过干瘾也好呵，顺便想想当年……长腿、司令，你两个到底真的假的？

真的假的你不会自己判断呵？张佩一剑封喉，白瘦嗲当场哑声。

餐谈结束后各就各位，仇司令很快收到各方代表来电来讯。好爹亲临他的格子间，一拳拍在他的肩胛骨上，问，是双边互动，还是你单方面的意思？

目前还只是我单方面的……，仇司令老实交代，有一定难度。

不经历风雨哪能见彩虹，好爹勉励他说，你已经迈出了可喜的一步，这是有关需（懦）夫所做不到的。

好爹一转身又来到真牛叉格子间，同样一拳捣向他的肩胛骨，语重心长地说，还有希望，尚未既成事实，我去打听过了，目前还只是司令单方面的意思，如果现在加入角逐，胜算还有一半……

没有用了，真牛叉哀怨无双地说，已经晚了，据最新可靠消息播报，他已经把她弄回家住了……

这个消息准确么？好爹相当震惊相当怀疑。

很准确，真牛叉气息奄奄地说，消息树五分钟前对我独家发布的……作为闺中蜜友，她不可能有虚假情报，也没必要拿这事儿开玩笑。

下午，陶然在洗手间门外撞到张佩。

你真是一个天才演员，还是天才编剧！张佩说。

我怎么啦？陶然不解地问。

我相信仇司令的，不相信你的，张佩说，后半段是你即兴发挥的，你用不着再瞒天过海了，没见大家都挺乐意看你们发展的？

陶然绕开张佩，一语不发地钻入洗手间。

32

赵雅仪一个人在路边店喝粥。粥店窄小，狭长，如一条里巷过道，一张普通双人床的宽度都未必有，煮出的粥则味道不错。她经常进来喝粥，要一例生滚某粥，坐着慢慢喝完。今次要的是皮蛋粥煲，很烫，她一面吹气一面往外挑出姜丝，再慢慢舀上面一层先食。中间，她发了一条短信给于天拓，祝他工作顺心，她想不出其它更适合的祝辞。

她昨天一夜没睡好，于天拓去了她的住所。他先约她吃饭，谈论了上次饭局未尽事宜，他说，你要做我的人，我不可能亲自驻守江城，所有我方事务都得由你代理，你和郑局不光是合作伙伴，也是对立面，知道吧？她当着他的面，认真点头。虽然她心中疑惑至死，不知自己有何特殊德能，被光荣地委此重任。

他主动要求去她的住所看看，还在她楼下的水果士多店执意买了果篮，那些快过期的漂亮水果，他亲自提着去她租来的房子。后来就发生了一些事，他在对往事的回顾叙述中伤感地哭了，真的流了眼泪，他说，孤身一人那么多年，其实他很想有个家。说着说着，他握住她的手，试探地拖向自己，然后她就被他扑倒了……他大汗淋漓地吁出一口长气，说，真舒服——这句话也代言了她的心声，她高了，这久违了的美好体验，只有当年的体育老师带给她过。

今天她要去清远的一间寺庙烧香，求签。这是她昨夜辗转无眠定下的计划。她曾经路过那里，那烟雾缭绕中的佛坛圣地令她印象深刻。她准备吃完早餐就出发，先坐公车到清远，然后步行到达目的地。据说步行抵达，诚与信才能感化佛祖神明，赐予一个吉祥三宝的未来。

她到达清远时，天下起小雨，好在她带了伞，原是为对付紫外线而备，也算殊途同归之一种。

她问了路人，去寺里大约要走四公里路程。她很受鼓励，急于想考验一下自己的脚力与耐性。她对自己是有信心的，对于那些无法忘却的昨日伤痛，风雨中这点路算什么呢？

她沿着山路一直向北，路上的风景越来越单调。行人愈渐稀少，车辆也只剩偶尔掠过。有旅游公司的专线巴士沿途经过，窗内的乘客对她探眼相望，写满好奇。她与他们目标一致，同是去烧香磕头求神拜佛祈求赐福的，她用徒步行走的方式表达着执着的虔诚与卑微的信奉，带着信则有不信则无的拧巴精神，辅以肉身的受累，感动神灵以求被佑。

　　她在紧邻的铺子上买了大捆檀香、吉祥符，携着它们跨进修心圣地。

　　她循序渐进，参见各路神佛，观音、济公。屈膝跪地，深深磕头，用尽所有虔诚默念心中祈愿，忏悔怠慢。燃香、插炉、焚符，如一介操持法事的主持，隆重肃穆，心无旁骛。最后她来到须眉道长殿下，堂上堂下金碧辉煌，烟熏火燎，佛人在此挣得的不只是炷炷香屑，还有现世通行的货币。佛寺神龛亦须维护修缮更新，一如你家门前的大马路。她递上去中国大地上活人们现时使用的纸币，两张10元，求到一道签符，慎重地打开，是吉祥上上签，红双喜。

　　姑娘，你将喜、福双至，请赏喜钱，须眉道人沉声、慈祥、高贵地要求。

　　她一怔，巨大的晕眩感击中了她，不迭掏出仅余的10元零钱，投进一旁庄严肃穆涮着铜漆的捐纳箱。

　　回到家后，她像打了鸡血一样身轻如燕又疲累无比，晚上发起了高烧。睡至半夜，摸黑起床喝水，一个趔趄险些摔倒。失眠、亢奋、舟车劳顿、体力透支、汗、雨、冷风的共同作用，让她的身体机能防线陷于崩盘，然而她的神经依旧不眠不休，那签符上的红色双喜就是她此际的援心针，她对不正常体温的骤袭浑然不觉，目光灼灼射向黑暗，宛如临夜起舞、愈夜愈精神的蝙蝠。

33

　　陶静在电脑前怔住，眼泪簌簌而下。她的视频开着，显示器上有两帧画面。一名抽烟男子的侧面特写，从遥远的角落借助网络输送至她的眼前，眉眼清澈清秀，脸型俊雅有致，有着盗版柳时元的风貌，那表情里却透着伤感不解迷惑。而她，无声无息泪流汹涌。生身老娘回了老家，儿子被婆婆接去监管，老公成日上班，她没日没夜上网，失陷于传说中的网恋。

为什么不肯见我？他问她，通过简化汉字。

她与他，启动视频，谢绝语音。微乎其微地开通过语音，证实双方发音系统无结巴无沙哑后弃置一旁，互视互慰，码字交流。

她虽然网龄不长，却懂得用前人的心血良言时时警醒自己，深知网络虚幻飘渺，可消遣把玩切莫当真。这思想的法宝让她作为网络新人，非但未显得幼稚无知听信谗言频频捏刀，相反她无师自通地把自己外置成完全虚拟化的一只马甲，全须全尾浑然天成地为自己编造了一套身世，未婚待嫁是其中最符游戏精神的条目之一。她当时是按照妹妹陶然的身份设置出镜的，陶然的确未嫁，男友也系待定。她假设了妹妹的身份，把自己当成审核员，率先进入摸查调研阶段，她固然是没身份谈恋爱了，但她的妹妹有。她就这么一路自我安慰辩解着，同帅男网友坠入了废寝忘食的精神热恋。

他反复提出约见，而她一味推诿。她之所以敢大胆包天无忌无畏地与他日臻白热化，盖因为他与她分属两座城市，天遥地远，要动真格绝非易事。她也从来没想过要动真格。她从来没想过打破现有的生活格局，她体尝过颠沛流离，因为深深懂得，所以格外珍惜。

你不来北京，我就去深圳找你。他说。

她坚决抵制。她没勇气在他面前拆穿自己一字一句打下的谎言，她以第一条谎言为基础，造出了一座谎言的金字塔，在双双表达了爱慕思念甚至共同生活的理想之后，她拿什么去充实她一手炮制的恢弘废墟？

他不听她的劝诫威胁，毅然启程南下，在她的城市驻守三天但求一见，她漠然置之，情知他的到来，关了手机，他在网上给她留言，她看到了，装聋作哑不予理会。终于把他逼退。他再次通过视频出现在她眼前，画面上的男子憔悴而焦虑。

为什么不肯见我？他似乎并没有生气只是困惑。

她潸然泪下。透过视频，她看见自己哭泣的眼睛，连她自己都相信，那是鳄鱼的眼泪。

34

张佩带了一条很小道的消息给陶然。据她观察，她认为好爹跟白日梦最近关系不正常，她亲眼目击到好爹跟白日梦在公司楼下的地下室咖啡厅饮咖啡，其形暧昧，白日梦好像还在埋首垂泪。时隔一日，张佩又跑来更正她的发现，称看到好爹与白瘦嗲在同一咖啡厅就坐，白瘦嗲情绪激动，挥动胳膊好像要抽好爹似的。

长腿，张佩遐想着猜测，你认为有没有可能是白瘦嗲喜欢上人家好爹，好爹又不肯为她放弃家庭？

呃，陶然当时正在吃一块张佩提供的苏打饼干，卡住了似的打出一声怪嗝儿，拍拍心口说，我觉得没有可能，我觉得应该是一场多角混恋，白瘦嗲喜欢好爹，好爹喜欢白日梦，白日梦喜欢真牛叉，真牛叉嘞喜欢白云凤爪，白云凤爪不喜欢玩姐弟恋，爱慕的是成熟男人吴总，吴总觉得消息树最清纯，消息树对初恋情人念念不忘……

张佩扑哧失笑道，如果一切能像你指示的那样展开，那么报纸娱乐版将死无葬身之地，单是人民内部的绯闻，就是一台弓虽（强字拆分产物）好戏。

中午吃快餐，大面积人口鱼贯大会议室，扎成一个大堆，粗茶淡饭佐以说东道西，气氛那叫一个热烈。

女博士昨天最后一天上班，今天正式告别公司，原因不详。白日梦是替她办离职手续的人事科员，同样不知内幕，只说离职事由一栏写的是出国深造，但看不出欲要出国留学的蛛丝蚂迹，且据一线情报人员白瘦嗲透露，吴总对女博士的能力较早前就产生诸多怀疑，尤其对她的英语水平相当不信任，据说撰写的发给国际友人的电子信函，充满了对主题思想的歪曲与误会，有学历歧视的吴总，由此对当代中国的精英教育深表忧患。

餐谈会由"论女博士的走掉"一路飙开，尽情 BBS 了一番。这么一交流，众人才发现，女博士平时看上去最独立自主，不哼不哈，甚为清高，却几乎每个人，都被她以悄悄话的方式，摸查过工资的底细。白瘦嗲说，我有一次善意地建议她不要用猪肝色的口红，结果她当场翻脸，指责我说她长得不白，脸像猪肝，说我不该这样绕着弯儿挖苦她。

很快，女博士的话题被义无反顾地抛进历史的故纸堆，在与餐代表好哆的有力引导下，迅速另起一行，群情亢奋地八了香港某中文台某著名女主播与某 IT 精英电信老总的地下情转正事宜。座上诸位，一致对该事件中被清理出户的原配心驰神往景仰无限——据报，飘香男在一脚踹开糟糠发妻的同时扔给她一个亿——壹个亿呐，同志们，同胞们，有了一个亿，什么男人不可以放手呵？有幸被老天眷顾指定出任本场角逐中的弃妇，得多少祖上庇佑、前世修行才挣得来？

餐谈会就是一支无主题变奏曲，即兴一句转折，刹那跑题万里，随意性与发散性交相辉映，气氛热烈友好，团结紧张严肃活泼……这边真牛叉带领几名近邻讨论起网上热贴——十多年前清华女生铊中毒疑案，在被警方以无从勘察宣布结案之后并未就此掩卷，相关当事人突然再度现身，陈述当年倍受关注又未曾公开的隐情细节，引无数网友情绪激愤介入参与大辩论。

被害人与被嫌疑人是十多年前清华园里的同宿舍女生，被害女生被罪犯以剧毒铊金属施毒，才情美貌健康瞬息凋零，沦为轮椅上一坨呆滞的肥肉，视力只剩零点零几。被疑向被害女生投毒的被嫌疑女生，在无直接证据证明其投毒后被警方宣布解除嫌疑，然而真凶始终未曾浮出水面，嫌疑如影随形陪她朝夕，她埋名隐姓远走他乡，甩不脱舆论对她的围剿。这十年青春，对两名同样豆蔻年华智商超群的清华女生都是一场受难，是非曲直个中疑云乃至人心之大恶旁人无从定夺，然而这传奇性的人间不幸，发生在中国第一高等学府内的蓄意谋杀，引无数网人感慨唏嘘

花威公司大会议室此刻的快餐席上，关注该悬案后续争议的人数过半，这过半之中又有少数几枚资深人士，对网上持各种见地的贴子作过深入研读，真牛叉仇司令好爹分别自称发了帖，表达一己之见。

当日下午，陶然不顾工作压顶，上网恶补了相关贴子，可以用如饥似渴来形容她沉迷的程度，精彩绝伦的网友发言让她欲罢不能头昏眼花心潮起伏悲悯沉重兼收并蓄。下班后，她打破了立刻回家的惯例，一个人上街游荡。走走停停停停走走，两条腿把自己从离家很近的公司运到离家很远的东门步行街，逛了夜市，

吃了小吃，最后打车回富通。

仇司令在住宅区的北门顺利截到陶然，得意之色溢于言表，哈，知道你会从这边进，果然！

你不是在这儿等我吧？陶然平静冷淡地问，径自往家中去。

仇司令默默跟上，兴奋的表情瞬间覆灭。

回到住所，陶然还是被小小震动了一下。客厅里安装了柜机，餐桌上摆着三菜一汤。用意不言自明，殷勤献得恰到好处，她已经几个晚上热得睡不好觉了。

她跑近餐桌。糖醋小排，红烧鲤鱼，紫菜蛋汤。你做的？她睁大眼睛问他？

我只做了一个汤，其余楼下餐厅叫的。

在深圳，没有空调的幸福是有瑕疵的。从有到无，从无到有，都是幸福感觉的陡然转承。

一男一女沐浴着充足的冷气晚膳，灯光柔和，家庭气氛浓厚。

男的说，你看，我们两个，要能这样过到老多好，你为什么不同意呢？

女的说，你能不能不讨论这个？你每次请我吃饭，都要拿这个说事，这算什么嘛，我如果答应，不就成了为嘴失节，好像被小排被鲤鱼搞定的？我如果不同意，是不是要把吃你的都吐出来还给你？

谁让你那样想了？男的尴尬笑，你同意不就什么事都没了，咱俩一起过，小日子多开心呵……你真的对我一点感觉都没有？

没感觉……她说，就好了……喂喂喂，你不要乱激动呵……我我我，现在还不能确定是什么感觉，也可能是兄妹情，谁让你对我好我又没哥哥，还要再仔细推敲推敲，到底属什么性质的感情。

没问题没问题！男的激动得直挥手。

35

你是不是偷偷傍上大款了呀？陶然利用去前台复印之际问
张佩。

张佩像戴老花镜的老婆婆一样把眼睛瞪得老大，以示她的无
辜与震惊。

我发现你最近消费看长，还老跑去喝咖啡，什么情况？

张佩晕死三秒，再把表情落回原状，照自己裙子抽了一把，
很不感冒地说，我哪儿有那命呀，不就买几条裙子么？没有一条
过百的，跟你比差远了。

但你这些天喝咖啡喝得勤的嘛，谁在那儿喝咖啡都让你看到
了……一会好爹跟白日梦坐了，一会白瘦嗲跟好爹喝了？

那是为了跟 17 楼的老外补外语，强化听力训练，呕呕，张
佩佯装干呕两声，我怎么可能跟傀佬有一腿呢，这种卖国求荣的
事绝对不会发生在本姑娘身上。

哦唷，那又怎么了？陶然鄙薄地丢给她一个白眼，多少体健
貌端的姑娘哭着喊着要嫁老外的呢。

让我嫁老外我才要哭着喊着不从呢，嫁老外有什么好的？中
国的精英去外国混，外国的垃圾才往中国跑，先不说这话偏不
偏，就我感觉，中国女配外国男，某些环节上螺丝跟螺母的口径
不符就是个大问题，还不能用母语进行交流，这是生命中不能承
受之缺憾，鄙姑娘不会有此下下策之选的……我跟老外喝咖啡也

都是 AA 制，我们互为师生，他教我英语我教他中文，属互不相欠的两清商贸……唉，我最近给考试弄得快要疯掉了，噩梦连连，没睡过一个好觉，每次做梦都在考试，最开始是一道题还没答完就要交卷，吃了药店药师倾情推荐的静心口服液后，基本能把卷子做到一半了……还不行呵，还是个急呵，答一半还是个不及格呀，所以每次梦醒之后都还在揪心。

那你接着喝口服液，估计再一个疗程就能把考卷答完了。

你讽刺我呵……考 100 分也不行，睡不好觉就是不行，人要崩溃的……看来得换点中药吃吃，据说有些中草药安神效果显著，下班陪我买去？

长腿，电话，要不要帮你转前台？白云凤爪跑来问陶然。

呵，好，谢谢！

金儿张佩手边的座机响了，张佩拎起喂了一声交给陶然。

陶然用两分钟解释了自己此刻所处的物理位置，不在哪里在哪里，说明了自己很忙的即时状态并开出所忙清单，最后显然是被对方摔了电话。

谁呵？

我老姐，寂寞的家庭主妇，陶然摇头叹息，竟然上网也填补不了她的空虚，让我回家看她……以前每天搭一小时车回家，堵的时候还更久，也没嫌累过，现在想着颠一个小时到一个不能产生归属感的地方，就畏首畏尾裹足不前，哎！

你完了，张佩沉痛地说，你不要再跟我嘴硬了，你早就挨仇司令搞定了……圆房了没，还没圆？圆了么，没圆么，没圆么，圆了么……

陶然搬起复印好的一大叠资料，照准张佩俯着的脑门狠狠砸了一记，撒腿便逃。

中午吃快餐，因为是出粮的日子，按惯例众人又商议着过一次有质量的集体生活。

好爹说，我最近脑子很不好使，估计是海鲜吃得少的缘故，我主张去龙宫吃海鲜自助，过把海鲜瘾，然后每天回家吃开水泡饭就榨菜包……哎，生活的压力大呵，自从生了女儿，我停止了一切享乐活动，以至一位在服务业发展的远房表妹给我作了首歌——《表哥的故事》，歌词大意是这样的，走过这条酒吧街，你可曾听说，有一位表哥，他再也没有来过；走过这间按摩院，你可曾听说，有一位表哥，他再也没有来过；走过这片桑拿房……

好爹，甭吹了吧，这是人家北京女病人博客上的，敢情你就是她家那头表哥呵？

好爹神色讪讪，说道，算你见识广……我虽然不是那北京妞创作源泉的直接表哥，但跟她家表哥的人生轨迹基本相符，引用一下……但孙悦是真正为我唱了一首歌，好爹声情并茂地朗诵起来——你的所得还那样少吗，你付出还那样多吗，生活的路总有一些不平事，请你不必太在意洒脱一些过的好，祝你平安噢祝你平安……

这歌是为大家唱的，张佩说，拎起手边的报纸朝大伙扬了扬，看看这些楼盘广告……看到没有，有一处 11 万一平的物业？这当然是顶级豪宅，但就是最普通的商品房，房价也在一路飙升，我们的工资却没长分文……每个人都付出那样多，所得那样少……

你着什么急呵，你们这些品貌具佳的姑娘分分钟都可能得遇贵人咸鱼翻身，我们这样一穷二白出来讨生活的男人，才真正缺一把通往天堂的阶梯，除了老老实实上班，安分守己做人，一步一个爪印供楼、养娃，人生没有其他捷径可走……所以我必须选择去吃自助餐，只有吃自助餐时才能做到快乐着我的快乐，吃点菜，嘴越过瘾心脏就越绞痛，那是一种剧烈冲突的复杂情感！

自助餐最没意思了，白日梦表示反对，全是大锅炖的，一点不精致，菜都一个味道，跑去吃自助的大半是心术不正之人，好人跑过去也给弄变态了，吃一次自助餐人的胃囊就要遭受一次弹性限度外的膨胀……还是吃炒菜好，一盘一盘端上来，充满期待与惊喜……综上所述，我主张去大树下吃家常小炒。

家常小炒什么好吃的？每天盒饭就是家常小炒，要吃有特色的，不如去吃狗肉煲，真牛叉慢条斯理地说，振兴路有家酒楼，秘制配方狗肉煲味道几好的！

陶然订的豆瓣带鱼饭，一激动，一根细丝骨卡住她的咽喉，她挣扎着向真牛叉喊出一句，讨厌，吃狗的都是我仇家！

呃——真牛叉干嚎，是仇司令领我吃去的，我只去过一次，如果他不带路，我现在都找不到那地方了……

什么叫白眼儿狼？这就是！仇司令一手指向真牛叉，我早就跟那儿彻底诀别了，你三番五次要去我都没理你就是铁的事实！

谁白眼儿狼？吴总蹿进来，没有早一秒也没有晚一秒，于此时此刻出现在众人面前，往会议桌砸下一沓纸卷，谁要去健身的？月卡，可以先去感受感受，能坚持的就续卡，费用公司出，算你们的福利……先说好，不去的不折现。

他什么时候关心起咱们的健康来了？好爹望着吴总远去的背影，眼神充满求知的欲望。

吴总身边的卧底女秘书白瘦嗲为大家提供了相关内幕，这卷是送的，开健身会所的是吴总朋友，新店开张，想让咱们帮着去提提人气。

有没有练瑜伽的？白日梦关心地问，如果有我想去练那个。

白瘦嗲冷冷地瞥了白日梦一眼，眼神中闪着遮掩不住的轻贱，面向另一拨受众，说，关于过集体生活，如果大家意见过于分散，再如果大家不反对，就还去我家烧烤吧，烧烤，蒸煮煎炸，全方位展开……我儿子可一直念叨着你们几时再去嘞，牛叉叔叔呀，会打枪、骑马的司令叔叔呀，丈人好爹有没有亏待他媳妇呀，张佩姨还会给他带很多大白兔奶糖不？anyway，你们要再去一次，我对我儿子才好有个交待。

牛比，白云凤爪推开吃完的饭盒，大发感慨，生女当如白瘦嗲，嫁夫当如白瘦嗲她男人，住大房子开进口轿车，上班，从大方面讲，是响应马列主义思想的号召，把劳动当作人的第一需要；从个人目的出发，图的是出来炫炫家里堆积如山的华服美饰……瘦嗲，你的人生圆满了。

陶然说，照这么说，我就是熬成白日梦这样的老姑婆，也要钓一个金龟婿。

你做期货就好了，你有投资的眼光，白瘦嗲说，假以时日，司令必将是未来精英……你们在革命尚未成功之时许下诺言，贫穷、富有、健康、疾病，不离不弃风雨同舟，这样的人生与伴侣，才有可能谱写美满篇章……我白瘦嗲，嫁的男人打天下时没有适时出现，当他的左膀右臂，现在看上去拥有的一切都属坐享其成的不劳而获，在家的地位可想而知……以为我上班真的是为着出来秀衣服秀发型？我是为了挣自己的零花钱，挣一点可以放开手脚花的小钱……别羡慕我，如果上天再给我一次机会，我选择跟男人一起打江山！

矫情！白日梦简短有力地丢下两个字，先自撤出快餐堆。

白瘦嗲脸色瞬间乌青。

36

好爹从跑步机上下来，浑身大汗，扯下搭在肩上的毛巾擦把脸，向更衣室走去。健身房果然冷清，一望无垠的器材架上，零星散布着几头犟驴，挥汗如雨，相当卖命，看样子也是免费获赠的关系户，很珍惜健身生活的样子。

真牛叉仇司令已经早一步在更衣室更衣，唯一的一张凳子垫在真牛叉屁股底下。仇司令靠着柜子穿裤子，裤腿踩在脚底，一个起跳，乘腾空之势把裤腰拎上。这一幕恰好落到好爹眼底，他语重心长地劝道，司令，你作为一名纯洁青年，不该穿绷这么紧的牛仔裤……

望着一脸茫然的仇司令，好爹进一步补充注粹道，早年的柯大夫信箱谆谆教诲过广大没有正常性生活的男女，要穿宽松的裤子。

挖靠，仇司令臊着脸迸出两个字，提着裤腰噎住了。

人家未必就没有正常的 SEX 生活，真牛叉盯着自己的裤管说，吾，才是人间最纯洁的青年，所以总是很自觉地套上宽松裤，看看我这臀（读殿）部，回头这裤子穿旧了可以改布袋子装米。

牛叉，好爹说，纯洁的生活不应该成为你眼下的追求，你应该想办法过上不纯洁的生活，这才是一个正常青年的正当理想。

吾，非不想也，乃力有不逮也，真牛叉说，唉，有人说，白天健身是为了晚上失身，我也想失身呵，哪儿失去嘞，失不了哇！

学一学司令，好爹说，就地取材，不行就到邻公司和藩，回头给你瞄瞄，顺大公司有没有合适的姑娘……

不必了，真牛叉一挥手，从凳子上直起身，三个一同往外走，牛叉继续说，已经调查过了，顺大公司的姑娘要么进公司时就自带男友，要么刚进公司就被内部的凯子们定向瓜分了，前不久他们进来一个女的，看上去还真是少女般明艳清纯，一打听，人家儿子都四岁了……

三人迎面碰上健身所的经理，该经理没有正常经理人的西装革履，笔直裤筒，浆纸般硬朗的领带，苍蝇飞上去都要滑倒的油光闪亮的头发，看上去倒像干部退体所的一介老人，雪白的灯笼裤里清晰地映出大红三角裤，上身一件文化背心，笑容可掬，操潮汕口音，裤兜里不忘揣着名片，掏出来人手发了一张，亲切地讲解了健身对男人的重要性，并热烈欢迎他们加盟，并承诺有长年优惠，如果能为会所介绍新客户，会有不同额度的提成……最后他隆重讲解了该所将要推出的男女混健套餐，指明方案的灵感来源于民间俚语，男女搭配干活不累，并现场逐一访问了好爹他们三个对这一新设想的认同感，三人当堂表示极富创意，很好地做到了人无我有，人有我优的求实创新。

甩脱经理五米远之后，好爹回头望了一眼，开始口吐真言，还男女搭配干活儿不累呢，一个腰上挂几沓子救生圈的女人杵你眼前，你还有兴趣呆着？如果是一个性感美女在你眼前压腿展臂，提臀挺胸，侧腰劈腿，外带娇喘幽香吐气如兰，男人还活不活？

是嘞，仇司令深表同感，妙曼女人，不动就是一幅画了，何况穿那么少，还那么活力四射？

真牛叉深深地看了仇司令一眼，你打算什么时候为她穿上嫁衣?

为谁?

我老乡,真牛叉说,你不会告诉我你根本没打算娶长腿吧?不预备给她穿嫁衣就不要扒她上衣,这是一个有担当的男人起码的人品!

我可以用我死去的祖母的名誉起誓,我绝对是有人品的不二人选,问题是我证明无门。

你祖母是名人?好爹问,你用她的名誉起誓?

她是著名的贞节烈妇,仇司令说,我父亲当年是遗腹子,我奶奶终生为我爷爷守节,拒绝了一切人士的劝嫁勾搭,在当地是很出名的……所以说我们老仇家对感情忠诚专一是有家族史的,我爸对我妈也是很好的范例!

那你有嘛子证明无门的?真牛叉问。

仇司令嘴角抽动一下,似乎想解释的,却忽然语气一转,管你什么事,我跟你非亲非故的,别什么事都要过问。

好了,确定去哪儿吃饭吧?出了健身所楼厦,好爹问。

狗肉煲,真牛叉脱口而出。

要去你两个去,我是坚决不去的,仇司令说。

我们保证不告发你,好爹盯着他发誓。

我不是惧怕告发,仇司令严肃地说,不吃狗肉已经成为我做人基本原则之一,希望你们以后在一切可能有狗肉出现的饭局上不要叫我,同时我也要奉劝你们,从吃狗肉到少吃狗肉到不吃狗肉,狗是人类最忠诚的朋友……仇司令慨还没慷完,好爹、真牛叉已经就地蒸发。

仇司令一个人立在华灯初放的街边,摇摇头,钻进身后的一家肯德基,排队点了一个鸡腿堡套餐,秋风扫落叶般啖毕最后一根薯条，又起身去买了两个圣代，请接待员挖了一勺碎冰镇住，打包拎走。

陶然与张佩恰巧坐在对面隔岸相望的麦当劳餐厅，人手一份奶昔，餐盘里七零八落地散着薯条。她俩先去药店给张佩配了专治失眠多梦的中草药，然后按计划约定去健身。在前往健身房的途中，张佩提出一项疑议，并顺应需要诞生合理化建议。张佩表示，健身必将消耗大量体能，导致又累又饿的身体现状，导致健后吃嘛嘛香的不良局面，导致超量进食，导致肥胖，如此，健身行为就将失去最初的本意。两人经商榷后坐进麦当劳，决定吃一包大薯两杯奶昔后再去燃烧脂肪。

俩人在麦当劳坐着坐着就不想动了，一个说，健身房可能是刚装修的，会产生很多有害气体，在这样的环境中做无氧呼吸不利身心健康；另一个说，也是，而且今天没做准备，到时一流汗，脸上的妆就全给弄花了，又没洗面奶洗，会很难看。然后两人就决定不去了，在麦当劳坐着，即兴所致地聊着天，顺便欣赏着玻璃窗外，夜灯下的堵车风景，很为中产阶层的不自由幸灾乐祸。

张佩眼尖，隔着大玻璃墙一眼瞄见天桥上，仇司令的孤单身影，单肩挎包，单手提袋。

喂，张佩控制不住他乡遇故知的激动，用肘子连撞两下陶然，是不是你家司令？

陶然顺着张佩的视线望去，依据小孔成像原理，把右手的拇指共食指控成芝麻大一个小孔，罩在裸露的近视眼上。

我看不到，陶然放下手，摇着头说。

张佩往嘴巴里塞一根薯条，快速拨动手机键。

人来人往的天桥上，一个男人掏出手机接听，司令，你是不

126

是在蔡屋围立交？我和长腿就在你对面的麦当劳……你抬头看。

两女一男胜利会师。仇司令向她们出示了他的肯德基圣代。两女毫不客气地就地分赃。

我知道我这是沾长腿的光，要不我把这个折现给你吧？张佩说着，抖动一下手里的杯子，但我只能以优惠券上的价格折给你，因为如果我个人去买，我会用券买的，这样可以节省两块钱，刚好是我回家的交通费。

陶然白她一眼，不屑答理，忽然警惕地看看四周，担心地说，这儿不许吃外带食品，服务员会不会过来干涉的？

肯德基也算它的兄弟单位，样子差不多，不仔细看看不出来的，仇司令说，况且你们也消费了。

还兄弟单位呢，死对头还差不多，张佩忽然大笑，有没听过年广久家的故事？

那个卖瓜子的年师傅？仇司令问。

就是他呀，张佩兴奋地说，我前天没事网上乱窜，想找点花边新闻滋养一下干涸已久的八卦心灵，想到一个关键词，老夫少妻，键进去一搜，哇，结果我不仅查到各种跌破眼镜的老少配，还饱览了傻子瓜子的家族纷争，老年小年父子兄弟统统开炒货公司，钻营瓜子事业，不但各干各的，还你轧我我轧他，还告官了，你看看，没有比这这更兄弟单位的了吧？都这么手足不顾亲情无惜，哎，张佩叹息摇头，越是同行越是不共戴天，这是自然规律，那仇恨嫉忌，就和普通人面对情敌时一个心态。

张佩一个人唠叨着，发现边上二人，既没有帮腔，也没有在听，甚觉无趣，忽然就动了气，挎上手边的背包，端上没吃完的圣代，果断起立，强作欢颜故作潇洒地挥挥手，二位慢用，先走！不待那二位作出反应，她已经推开玻璃门，飘然而出。

仇司令邀功地讨好陶然，他们去吃狗肉煲了，我没去，我还批评教育了他们！

她对他妩媚一笑，谢谢，有奖！摸出硬币一枚，拍给他。

他很珍惜地收进口袋，这是你送我的第一件礼物，我要一直保管着！

哦——唷，她简直不忍看地蹙眉头，笑，嫌不嫌倒牙呀？

当然不！他说，恩格斯教导我们，恋爱中的男女，有权利使用肉麻字词，何况我这个根本不肉麻。

我吃不掉了，她为难地看着吃剩的半杯圣代，已经完全化开，看上去有点恶心。

他二话不说，端过杯子就把那吃了。

她怔住了，看着他，内心感动不已。

女人是多么没用又么令人费解的动物，有时候一个细小的作为胜过一切不得要领的费劲表白。

回去的路上，她自觉地挽住他的手臂，他竟轻轻震了一下，随即狂喜过望。他抽出被她轻轻箍住的胳膊，一把搂在她另侧的肩上，把她用力地揽向自己，拥着走，内心激荡莫名。

他很想吻她，但每次他盯住她看时，她总是垂下头逃避，使他扑杀无门。下了公车，他还是紧拥着她走向寓所，他边走边想，也许进屋后关上门，他能圆上他的接吻梦。

以后要坚决不吃狗肉，知道不？她巩固她的教育成果。

保证！他立定，敬礼，斩钉截铁地回答。

进家门后，她马上就忙碌起来，收衣服，做厨房清洁，自己冲凉。她冲凉时，他就坐沙发上有眼无心地看着电视，脑海里充满遐想，不时往卫生间的门上飘去一眼。卫生间的门终于被他盼开了，她迅速闪身转进她自己的卧室，并且啪的一声锁定。他一直等一直等，直到他自己也冲完澡她也没出来，他忍不住了，去敲她的门，她在屋里回话，睡觉啦，明天见，差点没把他给震死在门外边。他摇着头，想着这个女子真是太狡猾了，也只有无奈睡去。

他失眠了，愤怒于自己的软弱。他思忖着在路上就应该下嘴的，诚如好爹所言，接吻哪能先征求女方意见，那是最没有冒险精神的无用男人才做的事。他卧室的门是洞开的。他在辗转反侧中忽然听到门外的动静，她开了门，他看到她在黑暗中走向客厅，然后他听到饮水机冒泡的声音。他激动地一跃而起，冲进客厅，从背后一把抱住她，在怀里把她拨正，嘴唇奋不顾身地压上去。

她大声哭起来，涕泪交织。他惶然松抱，重返理智，顿时后悔不迭。

我……，他我不出别的字，不知所措，开了落地灯，又把她拉进怀中，急于用一种温婉的方式抚慰她。

你怎么能这样？她呜咽着说，要被你吓死……

他这时才感觉到她的心脏在擂鼓。

翌日，她起床后脸上出现不正常的潮红，他也觉出了，心中愧悔。一起出门时，他伸手试试她的额头，你发热了？！

她挥开他的手，照样去上班。

37

陶静端坐电脑前，身着V领吊带桃红丝质睡衣，一旁的摄像头摄下她胸口以上的部位，在聊天软件的对话框一侧，形成大头像，慵懒娇媚。显示屏上有两幅画面，盗版柳时元在抽烟，肩部以上的特写，眼神寂寞。

我爱你，热切的！盗版柳时元发来一行字。

我也是！陶静回复。

二人相隔关山万里，借助互联网在电脑前痴痴凝望。

你究竟是一个什么样的姑娘呢，我怎么会那样喜欢你的？他问。

我不好，不值你喜欢。她答。

嫁给我好么？他问。

不要说傻话，网恋是不可信的，她说。

但是你昨天同意了，怎么说变就变？他问。

我那是顺你的意，她说。

那就顺到底好么？嫁给我，相信我会一直宠你爱你！他说。

她在心里暗自苦笑，想起从前他们也没有少讨论过这问题。他兴奋地和她在对话框里设计未来，他把未来描绘得无比自由开阔，无不是玩什么吃什么穿什么，她问钱呢，他就说边玩儿边挣。他是个舞蹈演员，他说这话时她就想起街边耍猴的，她无论如何洒脱不能至此，颠沛流离的生活是她不能想象的，她对皮肤可仔细当心了，连去斜阳映照的阳台上收件衣服，也用的是动若脱兔的身法。

她虚拟贵庚二十有四，他则自称年届三张，然而他却连最基本的家当都没有，住单位宿舍，吃集体食堂，这在她简直不可想象。他热情的邀请她去他的城市，提前进入婚姻实习期，她也被假想的二人世界感染，和他一起把二人的相见开发到底，她说她会做糖醋排骨酸菜鱼，他表示这都是他的钟爱。他马上说他要去买锅碗瓢盆等炊具，因为在他的单人宿舍，他唯一的烹饪设备就是一台微波炉，他用其加工一切可加工之成品、半成品、生食、熟食。听她说要扮演厨娘一角，他积极筹办硬件，第二天就欣喜地向她宣布实购了高压锅平底锅，还运来一只液化气钢瓶，她马上制止他，知道自己不过是有口无心，哪能真的前往，不过是偷得浮生半日闲，在虚拟中完成一次现实中不可能的任务罢了。

她仔细权衡后，也放弃了发展盗版柳时元成为自己妹夫的思路，她得为妹妹着想，虽然他思想似乎纯情而浪漫，生活似乎干净而健康，是现世之中对爱情还心怀幻想的为数不多的不切实际之人，但就是这种不务实，让他作为男人难以承受未来的绵长岁月与生活重压，一切风花雪月到了一定时候务必化为琐碎庸常的现实生活，而这些，他似乎从思想上与实际能力上都没有担当的条件。她不能贻误妹妹过有品质的生活。

她是如此现实功利，以不二的心志捍卫她现有的静好生活，然而纵有如此清晰思路，她依然深陷网恋不可获救，梦里时常是那企鹅摇动的头像，生活过得潦草无序，抓住一切空闲上网，只要他不在，她就惘然若失，心神不宁，找一件东西，往往找着找着就忘记在找什么了。

她也有过内疚，觉得如果盗版柳时元用情太真，必将对他造成伤痛，于此她拖黑过他，想让一切遁于无形，但是他又通过手机不断联络她，以为是他的逼婚吓到她，承诺将顺其自然，请求她恢复邦交。

然而他并没有信守承诺，他仍然不停劝说她走下网络走进现实，与他相会，他向她亮家底，告诉她他个人虽然不富，但他的家庭小康，他父亲可以支持他买房。

她问他既然这么渴望结婚，为何蹉跎至今？他没有详细交代以前的感情经历，只说谈过两次认真的恋爱，现在那个女孩子都已经是孩子妈妈了。她竟然微生醋意，想听听具体细节，但是他不愿讲，说都是过去的事了。她暗生不快，但马上就摆平自己的内心，想自己终究是与他没结果的，他对自己有保留，也好减少她在退场时的内疚。

她在电脑前端坐，对话框里板书着他们心灵的即时语录，热烈沸腾充满渴望。但这一刻，她想到结束，他给了她单位电话，家庭电话，一切都开始指向现实，而她，除了网络账号和一张50块买来的移动电话卡号码，什么也给不了他，他越是认真执意，她越感到临近谢幕。

38

中午扎堆盒饭，金牌企宣好爹借私济公，拜托大家为他行将出炉的小报凑一个闲话版，围绕理想生活扯一把梦话。

好爹说，你们认真思考一下，作一次心灵蓝图的实地描摹，形成书面文字，E给我，或者通过 MSN 与我讨论。

此题一经布置，响应者甚众，看来面对理想生活，大家都不缺乏心理准备。

真牛叉说，E什么E，现场讨论不是更好？我当首席……我的理想就是过上著名高干子弟贾宝玉一样的生活，依红偎翠，有一堆妹妹姐姐陪着，做自己想做的事，不用上班，有花不完的钱，有一台好车。

仇司令说，我的理想是有超强的专业知识和工作能力，这样可以赚更多钱，还不怕失业；不吃狗肉，希望越来越多的人不吃狗肉；下班之余搂着心爱的姑娘看碟看书，憧憬未来，带着她周游世界，晚年牵着她的手在落日的余晖里散步。

司令太伟大了，白日梦说，简直不是人，九天仙公下凡尘！我来说说我的理想，我比较希望有一套自己的房子，不用每个月交房租；有一个孩子，不用有男人；有好闻的香水，不希望那么贵分量又那么少；希望有一个大大的卫生间，可以躺在浴缸里一面泡澡一面做面膜，一面看安装在天花板上的闭路电视。

你这个理想另类了，白云凤爪说，我作为一介普通老百姓不能苟同，我的追求很大众化，我希望能有白瘦嗲一样的经济后盾，然后，我不会学她继续上班，我会做很多有意义的事，出国旅行，去各地采风，去兴趣班学习琴棋书画，学插花做菜，学几个国家的语言，我要有一个艺术的人生，然后被请到央视做现场访谈，你们都可能被当成嘉宾受到邀请……

你这也能算普通老百姓的追求？白日梦说，简直心比天还高！

因为缺少，所以梦想，白云凤爪说，这恰恰是平民百姓的英雄梦，知道永远也达不到那一步。

这个梦想是成立的，好爹鉴定发言，可以作为有明星情结人士的代表心理……我说说我的理想，我最大的心愿就是给女儿留下万贯家产，帮助她成为一名知书达礼的贵族姑娘，一代香飘万里的社交名媛，不枉我做人爹一场！

该你了，好爹拿手肘子碰一碰坐她旁边的白瘦嗲。

我没有理想，白瘦嗲说，我处于理想间歇期。

多好呵，证明她的人生是圆满的！白云凤爪说。

张佩说，我希望生活在南宋，跟李清照学写词。

牛！好爹暴赞，这才叫形而上，一种冰清玉洁的选择！

白日梦嗤之以鼻，喂，消息树，学写词看她流传下来的词就得了，何必还要跑回宋朝去？

由她手把手地教效果才好，张佩说。

人家李清照少时家境优越，未必肯当个钟点工吧？真牛叉说。

怎么会是钟点工呢？张佩说，我会像崇拜偶像一样崇拜她……这么一个婉约派的女词人，如果生在现世，稿费一定赚疯了……太佩服她排列汉字的魅力了……云窗雾阁春迟，为谁憔悴损芳姿。夜来清梦好，应是发南枝……感月吟风多少事，如今老去无成，谁怜憔悴更凋零，试灯无意思，踏雪没心情……唉，张佩做一个佩服死的表情，如果能有她一半才气造化，就是一介大大才女了呀！

消息树趣味真高呵，太了不起了……相比来说，我的理想简直可耻，简直不忍启齿，但我还是要直面自己，坦率地宣布，我的理想是做一头猪，专业负责长膘，吃了睡睡了吃，没有一切人间烦忧……陶然吸吸鼻子说。

陶然的鼻子干涩干涩的，没有不通也没有流涕，不像感冒，但额头还在发烧，此刻最想的就是回家躺倒睡个好觉。她随意地抬起头，视线与仇司令相撞，他的眼神总是带着说不清的成分，关切、不解……她快速偏开视线，又一头撞在张佩射出的两道如橼光柱上。

下午在洗手间，陶然与张佩狭路相逢。

你不舒服？张佩问。

嗯，有点发热。

怀孕早期体温偏高正常的，张佩说。

陶然顿时石化，瞪着牛眼望着镜子里的张佩，比看见鬼还震惊。

张佩把手上的水珠子对着陶然轻轻一弹，微微一笑说，没这经验是吧？可以去药店买张验孕纸试试。

陶然落回原状，你他妈才怀孕了呢，你全家都怀孕！愠怒地先自飘出洗手间。

39

赵雅仪从医院打完点滴出来，户外的骄阳炙烤着大地。她撑起一把遮阳伞，自头顶上方劈开一隅阴凉。她放弃打车，越过斑马线，去对街搭公车。

她虚弱地支撑在站台底下，透过电信广告牌的透明镜面，观看自己的投影，一个孤独而苍老的女人。在刚刚结束的吊瓶注射中，她一直在深深自怜，起初还能淌下一两串新鲜的眼泪，不久就麻木干涸。此刻，在此地，新一轮痛感再次袭来，令她有俯身扑地的绝望。她猜测，她前世一定不是个好人，造次过大恶，要用今世偿还。她回想那天求来的签符，红色的双喜，明明那道人说，汝将喜福双至，然而观摩她近期的命运走势，结论却恰恰相反。

由物理实验产生化学反应——是谁如此冰雪聪明？如此贴切地总结了男女关系的转化规律？而她，竟被不幸言中，成为这规律的真实案例之一。这短短十来天里，她与于天拓经历的迂回曲折，足够再次颠覆她不久前刚刚搭建起来的人生规划、部署及向婚姻靠拢的信心。

自她烧香求签归来，她便对她的人生充满期待，她所有的期待都指向于天拓，他是中间手，负责操办她与喜福呈祥的正式

135

会晤。

她打电话约他，他欣然赴约，潦草吃饭，敬业卖的拉污。她，发着低烧，神采焕发。他，长舒一口气，陶醉中眯起了眼。他的满意叫她满意，仿佛为她的幸福添了块砖加了片瓦，变得有保障有分量。

量变到质变，她开始确信自己爱上他，因为她无时不在思念他，不在求证他对自己的在意程度。所以她不停打电话骚扰他，直到他不客气地说，我在忙，完了给你电话。

她遵命了，他却没有守约，她苦等两日，连睡觉都握着手机，却未收到他片言只语，她终于按捺不住，再次把电话拨过去，他含糊其词，嗯呵作答，她立即高度敏感，据此判断，他身边必有关系非同寻常女人在场，这一猜测，令她马上愤怒失控，声带充血地高叫着让他立刻出现，他当场掐线，然后关机。

她愤怒地把手机砸向沙发。她知道那儿软，不至于砸坏，但手机从沙发上弹出，蹦落地砖。她马上一阵心痛，扑过去捡起来，检视外观，按动功能键试机，都好的。她平静下来，再打他电话，仍然关机，他相信他不可能老关机，他不可断绝外联，她要坚持打到他开机为止。果然，半小时后，他的手机开了，这让她更加怀疑她先前的判断，半个小时，半个小时做一次好事够了。

她把电话打过去，他接了，他说，你不要这样，这样不好。他的语气相当不快，外有不耐，对她冒火的心情无异兜头一碗汽油，她尖叫着责问，你刚才为什么摔我电话，为什么关机？你是不是跟其它女人一起？他再一次掐线，陷她于失心疯。她反复按重拨键，他只消启动一根手指，就让她的呼叫中断。她去楼下餐厅，用餐厅座机拨打，他果然又接，一听她的声音，即刻就挂。次日，她借了餐厅老板娘的手机打，他果然还接，接了就挂。

然后，她病了，浑身烧得像火球，嗓子哑得说不出话。她独自支撑着去了药店，买了退烧药、治喉炎的药。浑身瘫软。气息奄奄。她躺在床上，整日整夜为这件事焦心。她给他发短信，每天都发，发很多，累计超过一百条。在完全没有回应的状态下，坚持一条接一条编写、输入、发送，没有非凡的意志是完成不了的。可这执着，实在是用错了地方。知道别人不爱你，却不知别人有多不爱你，此种无知，透着令人心痛的傻叉力量。

混乱失控的思绪让她通过短信不住地向他表达自己，语无伦次逻辑不清。她说她爱他，因为他外表俊朗相貌堂堂。这说法恐怕连他自己都不能相信可与他适配吧？她说她爱慕他的才华，他拍板之果敢，才思之睿智，让她明白什么样的男人才最有魅力。她告白，她不是什么男人都愿意跟的，不回避他，完全是因为被他吸引……她把一个蠢女人所能干的，能说的，全兜了出来，效果等同泥牛入海，他始终坚持不发一言。

然后她进了医院。幸得楼下餐厅老板娘，一个改过从良了的前欢场女子，她的热心帮助，使她没有在孤独与绝望中死于出租屋。她被弄进医院病房，机器的眼睛向她说出，她得了一种叫作肺炎的疾病。

住了三天医院，连打一周吊瓶，每天吞服一堆片剂，这些都没有畏难到她，相反让她觉得轻浮浅表，不足以削弱她内心的痛觉。

她攀上公车，照例没有座位。她抱紧一根柱子，站着，冷气在头顶四溢，吸干她眼角的一点点清泪。她始终昂着头，目光不知所终地伸向窗外的远方，直到终点，保持同一种姿势。

阿华姐！她坐在餐厅一隅，眼泪一瞬间冲破阻力，簌簌而下。

大红篷裙，黑色针织开衫，低胸短袖。肤白，体形丰腴，年逾三旬。被唤作阿华姐的女子，正是她楼下餐厅老板娘，和蔼又颇具城府的江湖女子。

雅仪！老板娘抓过她的手，看她手背的针眼，心痛地问，还要打多久点滴？

明天最后一天，她说，用手指抹去鼻槽处的眼液。

怎么样了？阿华问她。

她摇头，叹息，新的眼液夺眶而出，没有可能的了……

我说一句感觉，阿华说，我觉得从一开始，也许他就没当过真？你觉得他亲切，他对你温柔有加……有些男人的特质就是如此，对每一个与之调情的女子都是如此，非单独向你开放。

赵雅仪睁着迷蒙的泪眼，听阿华讲解。

判断一个男人是否对你有诚意，是否动了真情，金钱上的付出才是最有力的测量工具，如果一个男人不拔一毛，对你再怎么温柔仔细呵护备至，都不值得相信。

她的眼泪再一次冲破堤坝，哀伤地顺流而下。

不要哭，阿华递给她一张纸巾，眼泪于事无补……我一向是与人为善的，但这个男人太不遵守游戏规则了……你也不要再幻想和他结婚，太绝的男人，就算结了婚，也未必落得好收场……你让他出点钱，补偿你，开个适当的价，让他能接受，此事就算了结，你看呢？

她绝望摇头，又滚下一串热泪，他完全不接我的电话，发短信也不回……

你先停止电话他，阿华温和地说，你赶得太急了，这可能跟你生病有关，想得到异性的关护慰问……不过底下你不要再打他电话了，隔半个月再打，探探他的口气，看看他什么态度，如果真的没希望，那再过半个月，你告诉他，你没来例假……你们几次都没措施的对吧？

是，她点头，也可能……真的会怀孕，我跟他时感觉特别好，我以前怀过一次，也是特别有感觉时怀上的……不过，就算怀了，也不能要了，用了那么多药！

唉，阿华长长舒出一口气，这么大人，竟然一点不懂保护自己，如果真怀上，如果这男人坚持不负责到底，够你受的了。

这话说得她内心大恸，呜咽着说，我一生都在重复一条老路，所遇男人，都是用逢场作戏来对待我……

你太单纯了，阿华说，还和少女一样无知……其实做人也好，做事也好，当临时夫人也罢，首先要为自己考虑好退路，期待好结局没错，但不要以为注定会有好结局。

赵雅仪心悦诚服地接受了阿华的批评指正指点指示，还算平静地回去自己的出租屋。但是她并没能把阿华姐的精神很好地贯彻下来。她闷在屋里，还是会不断回忆，他从前温柔的眼神亲切的语气又一次说服了她，让她相信他对她是有诚意的，错的是她，她相逼太急，致他无形恐惧，发足逃逸。由此她又忍不住发短信他了，措辞委婉，相当克制，表扬他祝福他，批评解剖自己，且没有连珠炮，保持一天一到两条的信息量。

最后一天打点滴时，赵雅仪在注射室的走廊，撞上迎面而来的陶然。医院虽然不是个相会的好地方，两人还是为这无约而遇的偶然由衷惊喜，动作麻利地用健康欠佳的凤体进行了热烈拥抱。

40

仇司令站在一旁微笑着观望。

是你男朋友？赵雅仪看一眼仇司令，问陶然。

目前还只是候选人。

呵，选拔很严格嘛！……你也感冒啦？

是呵，你肯定也是，最近流感太猖狂了……我们公司几乎有一半人数被命中。

我快好了，赵雅仪淡淡地说，我是肺炎，今天打完吊瓶就不用再打了。

噫，陶然用眼神传达了她的心疼与吃惊，牵过赵雅仪的手，我刚看完诊，现在去输液，你也刚来吧？

是，刚到一会，就看到你了。

那正好，一起度过漫漫输液时光，哈……我们住的地方离太远，每次想找你玩儿就担心晚上没公车了，打的又太贵，竟然在这儿碰上了。

司令，这儿没你事了，你出去溜达，或者先回公司也行。两人先后被同一护士扎上针，打上横七竖八的白胶布后，陶然探出脖子冲仇司令喊话。

还是等你吧，我去买报纸。

仇司令消失后，赵雅仪马上打听，什么时候认识的？好像很关心你呵，上医院都陪？

同事，陶然说，就是同宿舍那个。

哦，赵雅仪点头，样子满帅的，为何叫司令，是司令么？

同事开玩笑的，陶然说，他总把头发理得奇短。

只是候选人？赵雅仪问，觉得你们已经进入状况了。

唉，陶然叹气，是我自己立场不坚定，被他几下就给策反了，其实我本来真的是不想谈恋爱的，一开始对他也没那感觉，但是现在好像有点不一样了，挺享受他为我做这做那的……他挺勇敢的，也不怕追不上在一帮同事面前丢脸，这件事弄得人尽皆知……我就是戴上你送我的墨镜，也没法低调了。

哈，赵雅仪终于捧场地笑了，说，那就好好享受爱情……如果你的人生像我一样布满了失败的疮疤，你就会知道，有一个人全心全意地疼自己爱自己，是一件多么好彩的事……我是今生都不想了！

为什么这么说？陶然不解地问，你不是有男友正在交往么，而且你也说过，你是奔结婚去的？

已经没戏了，越雅仪哀戚心死地说，神情即刻萎顿下去。

陶然看在眼里，心里抽抽的，想她突然得肺炎，整个人外貌气色精神状态都打了不同程度的折扣，想必一定与近期的感情生活有关。陶然感到内疚，总以为她浪荡江湖年深日久，有能力摆平一切艰难险阻，然而事实并非如此，她境遇之惨淡，超出她的设想。

陶然无言地望着女友，感到一切言语都显得虚假而无力，非但起不到表达内心的效果，反而削弱淡化心中痛惜怜疼。她抬眼看看端坐另一隅看报的仇司令，叫了他一声，他马上从报纸里抬起头，向她走来。

怀疑你根本就不在看报，陶然笑着打趣，轻轻一叫就听到了，哪像一个潜心研究报纸的人？……帮我拿吊瓶，我去一下洗手间。

呵？仇司令怪异地看一眼陶然，依言行事。

二人拉扯着盐水瓶上的导管线，同步走出注射室。

我不能进女洗手间吧？仇司令问。

谁让你进那儿了？陶然停住脚步反问，跟你商量件事……今天遇到的，是我最好的朋友之一，她最近情况不太好，刚跟男朋友分手，又得了肺炎，不过肺炎基本已经治癒了……但我想陪她住一段，我觉得她的情绪很需要人舒解安慰……如果你不反对，我想让她搬去我们那儿住，如果你不愿意，我就搬去和她住？

仇司令把陶然挟持到自己腋下，手指在她能见度不能算高的鼻腔处一抹，竟然带下来芝麻大一块鼻粪。陶然简直要震死了，冲他羞愤交加地嚷嚷，哎呀，好恶心好恶心，你这是干嘛，通知我自己清理不就行了？

谁不产鼻粪呵？仇司令满不在乎地把指头上的垢物弹进一旁的垃圾桶。

陶然内心动容，顾左言右，你听懂我刚才的话了么？

二人已经置身洗手间洞口，仇司令松开箍在他腋下的陶然，一手高举着滴液瓶问道，你怎么上洗手间？我找个清洁女工来替你拿着好不好？

不用，便池旁边有挂架的，陶然说，快回答我刚才的问题！

还用回答么？仇司令反问，虽然不想有人叨扰我们的二人世界，但你对朋友的义气，会让我更爱你！

噫——，陶然一撇嘴，表示对这种煽情的不屑，内心却相当受用，愉快地转身，消失在洗手间的白瓷砖外墙拐角。

41

流感海浪般掀过时，公司气氛庄重肃穆了好一阵。从洗手间到会议室到各通道到各人辖治下的格子间，空气里成日弥漫着消毒水的味道，却没能在列位心中升腾起深蓝色火焰的感觉。得病的没精神力气闹腾，没病的高度警惕戒备，生怕引进了他人身上的流毒。同志们自觉闭关，一时间以保重身体为一号己任。公司为此也做了破财消灾的特别工作，专门委托药店熬了防治感冒的草药汤服务大家，免费饮用且可以打包带回家。同志们终于都挺过来了，公司重又恢复了往日的活泼气息。

餐谈会再次例行召开，群情亢奋，颇有点小别胜新婚的症状。同志们首先富有激情的讨论了老年人上网的危害性，这竟是一个让各方与餐代表深深困惑的问题，对此事都攒着若干言要发。

白云凤爪抢先发言，说出她家亲戚搞出的一起怪诞网恋，因为该亲戚已经年逾半百，因而可以作为老年人上网危害性大的真实个案。她家有这样一枚亲戚，老年男，几年前发展了上网的个人爱好，55岁的退休老师傅，专攻夕阳红聊天室，其春天般温暖的言语风格，果真让一代代夕阳下的多情中老年妇女陷入情网，最长的一位网上恋人恋了三年，终于作出了另起炉灶的打算……如今55岁的老师傅甩下发妻儿孙，千里走单骑，追寻他网上51岁的女恋人去了，又一次见证了钱老的精准比喻——老年人恋爱就像老房子着火，一烧就没得救了。

好爹说，她丈母娘也上网了，先是在她夫人的指点下，上网浏览了好爹为女儿专开的博客——爱囡小札——深深为女婿的舐犊之情动容。后来老太太发现了上网的精妙之处，不再满足于读读女婿的博客，无师自通地顺便逛了其它各类页面，终于有一天，老太太神秘兮兮地问她家女儿，听说年轻人做那事儿都要口交？相信传统保守的老太太，口交这个词也是从网上补习来的，不仅知道了这样一个新词，还明白了这个词所指代的含义。好爹的太太，虽然觉得跟母亲讨论这个有点不便，但还是实事求是地点了点头，老太太的猜测得到认证，立马非常恶心地表示，哦唷，以后谁敢跟你们坐一桌吃饭呵?!

这个凡人的故事让餐员们吃吃偷笑不止。紧接着，白瘦嗲顺势讲了她家亲戚的事例（竟然都是亲戚!），她没有明确道出亲戚的人选，但透过口气，大家很容易判断是她家公大人，一个热爱下载毛片的咸涩老翁，她最担心的是这行为对他不谙世事的儿子造成影响。

这话题告一段落后，在好爹的主持下，召开了现场猜谜大会。好爹不知从哪儿淘得一堆好谜，果真是好。

请听题，好爹说，小白加小白；打一动物。

各路好汉好女纷纷摆出瞑思苦想的 POSE，性急的仇司令 20 秒不到就主动弃权，要好爹公布答案。

陶然微微一笑，说道，我知道了。

各人表情各异地向她望去一眼，好爹说，你之前没看到过？

没有，陶然摇头，完全是凭我的实力猜出来的。

仇司令无比景仰地看了佩服一眼，重新开动脑筋。

哎呀我也知道了，白瘦嗲尖叫，看看好爹，问，说不说？

好爹点头，好吧。

小白兔，白瘦嗲说，ONE TWO THREE FOUR，不用详细解释了吧？

请听题，好爹再次出题，小白长得像大白；打一成语。

怎么都跟小白有关呵？真牛叉抱怨，白日梦跟白瘦嗲像么？白瘦嗲跟白云凤爪像么？如果像，说明了什么？姐妹呀！真牛叉兴奋地大叫，呵我知道了，孪生姐妹，对不对，有没有奖？

孪生姐妹?! 你这个二傻子，不要给我丢人现眼了，好爹恨铁不成钢地看看真牛叉，你呀你，好好补补你的国文底子！

真牛叉被一板砖拍下，不再吭声，样子很是落寞。

能不能提醒一个字，白日梦问。

好爹见的确难倒各位，牙缝里迸出一个字，真。

真相大白，陶然一拍脑袋，报出答案，既遗憾又兴奋，猜得有点上瘾了，急于接受下一道考验，向好爹催促，还有没有？再出！

好，好爹赞赏地说，长腿果然聪明过人！……请听题，99 只羊蹲在羊圈里，1 只羊蹲在猪圈里；打一成语。

又是成语呵，真牛叉泄气地说，国学基础差的自动弃权。

弃权干嘛？仇司令安慰他，重在参与，有我们的衬托，才能凸显出我们的长腿，才华横竖都溢。

呵呃，真牛叉与白云凤爪不约而同地干呕一声，陶然恰在此时朗声报出第三只谜的答案——抑扬顿挫——仇司令示威似的看了看大家。

好爹向陶然竖起大拇指，嘴里报出一个拆分字，弓虽。

张佩茫然着一双美丽的近视眼，把谜面嘴里过一遍，99 只羊蹲在羊圈里，1 只羊蹲在猪圈里……抑扬顿挫，一羊蹲错……哎呀长腿，你是不是之前见识过呀？我真不敢相信，你有这么聪明？

请听题，好爹又擂响了战鼓，3 在街上走，走着走着翻了一个跟头，然后站起来，走着走着，又翻了一个跟头；打一成语。

这个我就不猜了，陶然说，太容易了。

容易？仇司令无比佩服地看着陶然，叹道，哇塞，长腿的脑袋还刚刚受过感冒病毒的伤害呢，没伤害过的，得多厉害呀？

你自己也要猜一猜，好爹说，不要尽忙着当吹鼓手。

三番五次！白日梦供出一个答案。

求证的眼光分别刷向好爹与陶然，陶然提醒道，再数数，三一共翻了几次？

三番两次！张佩全程都在绞尽脑汁地参与，最终猜中一个，报出答案时像快要虚脱似的。

几道谜，杀死一大片脑细胞的同时，托起一颗璀璨的明珠。陶然，作为这场猜谜大赛中的最大获利者，虽然没有得到一文钱的嘉奖，但其谜坛新秀的形象、地位，正在众人心中冉冉升起、确立。

下班前半小时，陶然接到赵雅仪电话，陶然兴奋地说，好，下班就回。

赵雅仪做好四菜一汤，等到下班回来的陶然与仇司令，立即准备开饭。三人把餐桌围成半圆形。用餐气氛礼貌客气，仇司令更是谨小慎微，对陶然一直在察言观色，讨好之意溢于言表。

陶然今天回家路上坐了仇司令的大腿，让他和身抱住，收紧手臂，拢在胸前。

钢铁是这样炼成的，两人下班一起搭公车，陶然警告他说，在家里不要搂搂抱抱搞小动作，一是她不习惯当人面调情，二她怕刺激刚刚失恋的赵雅仪。仇司令闻言顺势把她掳进怀里，在中门对面的一个单座上落下屁股，不待陶然挣扎，他就把脸埋进她耳朵边的脖梗里，用劲吸了几鼻子她的体味，然后说，那你现在让我抱着，不然我就什么机会都没了。两人就这样一直抱到下车，抱得很有感觉，欲望号列车在各条神经线上往返呼啸。

下车后，两人手牵手往寓所走，仇司令总是隔几分钟就把她往自己拉近一回，终于忍不住在路边再次把她抱住，热切地说，嫁给我吧，做英雄邱少云太辛苦了……我知道你有原则，结了婚才肯……我想结婚，越快越好！

陶然使劲挣脱他的手臂，像个心理分析师一样冷静犀利地说，你这不是爱情，你根本就是情欲！

仇司令差点没震死在原地，身体上立刻出现盗汗反应，所幸陶然看上去不像要甩他耳刮子的样子，像真的是对他求婚的动机生气。一直到跨进家门乃至用餐全过程中，他都很不踏实，不知这事究竟造成多大的不良影响。

事实证明，陶然确非得理不饶人之徒，进屋后没有为此再发表过一句声讨檄文，也不见有，即便疑似生气的迹象，态度慈祥亲切，与雅仪与他，不时谈笑风生。这让仇司令愈加疑惑，难道是暴风雨的前夜？

但事实显示，仇司令过于紧张了，吃完饭，雅仪坚持要善始善终地收拾碗筷，整理厨房，陶然欣然成全其贤惠。

仇司令回自己卧室上网玩游戏，陶然去跟他借 MP3 听歌，一进他房间就被他挟持进门后面。他把她抵在犄角里问，是不是生我气了？

没有呵！她动弹不得，睁着羔羊一样无辜的眼睛。

真的没有？他寻求确认，你当时那样说我？

我说错了么？你本来就是！她试图摆脱他，从他的腋下钻出去。

他虎臂箍紧，不由她乱使劲，摇头无奈地说，你太不了解男人了，对着自己喜爱的姑娘，如果没情欲那还叫喜爱么？

我才没你想得那么蠢嘞，我不过想泼泼你的冷水，借题发挥一下罢了……不这样，哪里制止得了你？

呵——？仇司令目露凶光，抡起拳头，作欲抽状。她立即成功逃逸，窜出他的势力范围。

陶然与雅仪一拍即合地决定去楼下做头发。仇司令公然表态，要陶然不要电发，也不要漂色，认为女孩子清汤挂面的样子最好看。

噫，陶然不屑地回敬他，谁在乎你喜欢呀？

陶然往裤子口袋里揣了张百元纸币，二人四手空空下楼，行至金沙美发店霓虹灯下，被门厅内旗袍小姐礼貌延进。随咨客进入洗发室，择了两张相邻的床位躺下，两名围围兜的洗头妹同时为她们开工，先浣洗她俩的如云秀发，完后白毛巾包扎，宛如一介山民。50 元一客的洗剪吹套餐中，最舒服的就属那稍纵即逝的按摩。该店承诺洗头不少于 45 分钟，没用完的时间就以按摩补仓。肩背腰腿被匆匆捏上一遍，即被拉出去按在椅子里修剪头毛去了。

盘弄头发永远是一件高风险的投资，破财事小，买糗事大。

陶然望着镜中的自己，无语凝噎。她虽然对仇司令的意见表示了漠视，但在具体实践中，他的话还是左右了她的精神取向。她要求出品成某著名女主持出道以来一成不变的学生头范儿，结果弄得看上去很像巴黎公社插图上的女烈士，英勇顽强的气质昭然若揭，搞得她第二天一下班就冲向女人世界，买了根宽边的白头带，像网球明星一样把头发从刘海一顺儿往后捋，等她以此等造型再度亮相公司，半打以上同事见后，纷纷以为她不小心误伤了脑袋，裹的白纱布，让她伤心不已。

赵雅仪还与她的操盘手进行了据理力争,说我要求的是斜碎刘海,你怎么整得又平又齐,那操盘手一边埋怨她头发根的走势不对,一边又操起剪子咔嚓咔嚓补了几剪子,结果航向了一个更不靠谱的方向,以至餐厅老板娘一见她,就很震惊地问她是不是自己剪的。

42

陶静拉过一张小椅子坐下,看儿子在滑梯上摸爬滚打。

这是一间肯德基餐厅,她接儿子下学,顺便拐进超市买菜,超市一头连着肯德基,儿子向她要求进去玩滑梯,她认为要求合理,应当得到尊重,就存了购物袋,由儿子扯着衣角拖进门。

她状态极差,常有魂不附体之感。关抽屉会夹伤小姆指,看看电视的,竟能忽然被自己口水呛到,恨不能咳死。她已经痛下决心,把网恋丢在风里,她拖黑了他,却没能做到像事先想好的那样,把手机号码也换掉,从此销声匿迹,再无瓜葛。她心中还是余恋残存的,所以她保留了他的移动电话。

她把手机握在掌心,翻看他发来的一条条短信。挖地三尺我也要找到你!这样的句子看在她眼里没有感动,倒是后怕,她唯恐他真的会一路打听过来。这世上什么人都有的。她也设想过打破现有格局,另起炉灶,然而这设想完全不能成立,她不是24岁的花季姑娘,她已婚已育,这些真实条件的横空出世,必然令他震死,令她自己无地自容。那种死法,她不愿尝试。她宁可选择不告而别,让时间消磨一切,抚平沟壑折皱。

她也绝没可能把妹妹推出去救场了,先不说妹妹肯不肯挺身而出，万一真的应了她的编排，成全了一段姻缘，届时，她看她的妹夫，脸上要配合出现什么表情呢？这么一想，她马上坐不住了，站起来跑近儿童活动区，对玩得起劲的儿子伸长脖子喊话，帅帅，妈妈去超市买东西，一会就来，你在这儿玩，不要离开好不好？

帅帅认真点头，豪迈地向她挥出一记飞吻，妈妈拜拜！

陶静在超市出口的柜台上新买了一张电话卡，选号花去不少时间，要好记，要便宜，要吉利，看她一个人默默无闻地把几本菜单一页页翻过去，实际是完成了一场阿拉伯数据的海选。

返回肯德基的儿童活动区，帅帅却不见了！

事后，陶静才明白，什么叫灵魂出窍！帅帅失踪后，她马不停蹄地展开搜索。她始终保持着镇定从容的面貌。她从肯德基找到超市，请超市广播台播放寻人通知，把帅帅的外貌特征描述给超市工作人员，请他们帮忙守住每一层的电梯口，请保安监控好外出的大门，以防他走出超市失匿于大街。然后她独自开始一层层寻找。她的眼光在近距离仔细追捕，同时频繁地抬起头来远程扫描，发现任何疑似的小男童身影都要追上去求证……偌大的超市，她像一台侦察机在里面侦察着，机械地，不知疲倦地，让足迹踩过每一寸地面……超市的探灯，像天花板上伸出的一只只手，明晃晃地照耀着，穿工作服的营业员与穿便服的顾客在灯光下交叉感染，映现在她的眼眸中却仿佛一个小人国的世界，所有的事物似乎都晃动在一个遥远的边际，清晰，生动，尺码却要小上一百倍。她一生没有经历过这么古怪的感觉，此后她相信，人的意念真的可以重塑一个世界。

最后在三楼的直销专柜找到外交能力超强的帅帅，他正跟卖读书郎的阿姨拉家常，一边玩弄人家的机器。

这意外的一役让陶静为自己作了一次鉴定，这世上，在她心中，没有比她儿子更珍贵的。儿子支撑不了她全部的精神殿堂，但如果没儿子，她就不可能有精神殿堂，换句话说就是，有儿子她仍可能会感到不满足，但如果没儿子，她根本就不可能有满足。儿子不是她感觉满足的充分条件，但是必要条件，就像代数证明题，必要条件是必不可少的，不然命题就断然无法成立。

回去的路上，她牵住儿子的小手，经过一个垃圾桶，她停下来，取出手机里的旧卡，毫不手软地抛弃了。年轻的妈妈，牵着小不点儿子，地上拖着一长一短两条影子，身旁是纷纷掠过的行人与车辆。她蹲下身，把儿子抱起，在他的小脸小胳膊上亲了又亲。

妈妈，你不是说我吃得太胖了，你抱不动的嘛？奶声奶气的童音。

但是妈妈现在想抱着你，因为你是妈妈最爱的宝贝……

43

真牛叉喜购轿车，完成了以车代步的阶段奋斗。为庆祝这一历史转折点，车坛新人真牛叉特设火锅宴宴请众同事。

陶然与仇司令已经是俨然的一对。仇司令全程都在履行男朋友的职责，敬业地替她夹菜倒水递餐纸，跟新官上任时一个风貌。他，不时从红红的麻辣烫里打捞出弥足珍贵的牛蛙腿、蟮片，哈达一样献给心爱的姑娘。坐他旁边的张佩看得眼里直冒火星，当一条标致的牛蛙腿再次挟持在仇司令的筷子间，眼看着就要被运往陶然的餐钵，在这生死攸关的刹那，张佩手起筷落，动作又狠又准地用筷头在他的筷头上猛敲一记，标致而肥硕的牛蛙腿不见了，掉进了热浪翻滚的茫茫锅底。

干什么？仇司令不解地问张佩。

这样子不好，张佩教训他，长腿的腿已经够长的了，不用再进补了，况且你替她夹，她自己又夹，吃双份很容易发胖……我是为你好，长腿，你明白吧？

肯定的，陶然附和张佩，转头吩咐仇司令，我又不是困难户，不需要扶持。

那也不要敲我筷子嘛，还可以夹给你呵，仇司令叹口气说，转头问好爹，白坛二美呢，怎么联袂缺席？

她们两个单开了一桌，谈事情呢。好爹倒是了如指掌，说这话的时候脸上却明显碾过一丝沉重。

好爹就是当之无愧的妇女之友，白云凤爪挖苦他，女同志都跟他掏心窝子……她们两个最近有什么事？老看她们神神秘秘地一起，这么好，干脆拜把子算啦。

好爹颇为留意地看了白云凤爪一眼，表情模糊，不回应也不还嘴。

其时的白瘦嗲与白日梦，确实进行着一场别开生面的会晤。在背街的一间咖啡厅，两名女子相对而坐，目光时而对视时而错开，隐忍的愤怒与无辜的忍耐分布在她们此时的脸上。茶色玻璃窗外，泊着一辆崭新红色本田，粤B牌照，那是白瘦嗲年前新换的爱驾。

我知道他外面有人，但不知道是你……也绝对想不到会是你，白瘦嗲平静地讲述着，我能不能问问，你怎么会跟我老公好上的呢？

白日梦摆出一副不屑答理的姿势望向窗外，目光直接垂落在那一坨红得耀眼的铁罩子上。

白瘦嗲以更为不屑的眼神瞥她一眼，我第一次怀疑你的时候，你一口否决了，那时我还很相信你，觉得是自己在神经过敏……中国的汉字谁都可以随意使用，不只是你喜欢把嘛说成麻子，疑问句从不用"吗"一律用"么"，用赫赫有名的赫，代替哈哈笑的哈……我怀疑谁也不该往你头上联想，你是出了名的恨嫁，光棍你都不要，何况是有妇之夫？

就是这样的，白日梦光明磊落地说。

白瘦嗲像脊椎骨突然断了似的朝椅背里倒去，眯兮着眼摇头叹息，我真没想到，一个人可以做假做到这种地步，什么勾当都干过了，竟还能装得跟圣女一样纯洁无辜？

白日梦的脸红了，你说话要有证据！

我没证据我敢把你约在这儿对质么？白瘦嗲轻蔑地一笑，我以为现代职业女性，特别是大龄未婚女青年，都是敢作敢当的，都有为自己的行为负责任的勇气，没想到你连承认的勇气都没有……你太叫我意外了。

你的证据呢？白日梦冷静地问。

好，白瘦嗲成人之美地一笑，从包里掏出另一只手机，问道，你的手机号多少？

白日梦报出一串号码，白瘦嗲听写下来，按下接听键，桌子上白日梦的手机响起"你的眼神"的彩铃。一句没唱完白瘦嗲就掐了电话，迅速按出另一串号码，她目光如炬地盯着白日梦的坤包，那只包如期地震动了。

两个女人的手同时抓向坤包，白瘦嗲说，掏出来看看，你的另一只手机，也是你跟我老公的调情专机……你不用否认了，我在公司已经试过好几遍了，为此我花了不少钱买不同的电话卡，只要我一拨那个号码，你的包就会有反应……你包里号码跟我老公的手机互动多多，相约一起去海南度假，还要在沙滩上做爱，还讨论了做爱的姿势，姿势太多了，我就不一一列举了，这么精彩撩人的内容相信你自己都能记得……专机里还回顾了曾经的体位，还遗憾了哪一次没做就分开了，还探讨了一个叫白瘦嗲的，身材挺不错的，怎么做爱就只会干躺着，……说实话，我也太意外了，这号码居然是你在操纵，这些火辣激情的短信，我以为只有专业机构的专业人员才干得了，万没想到竟是出自我身边一位以对男人缺乏兴趣著称的高贵白领之手！

白日梦脸色煞白，嘴唇开始哆嗦。

你心理素质也太好了吧，白瘦嗲分贝控制在中低音上，费解多过激忿的样子，左手友情右手奸情，两手都不含糊……其实老实跟你说，我并不介意有女人睡我老公，你不睡也有旁人睡，这证明他还有可取之处，但你不应该用糖衣炮弹来收买我，你这么做让我一想起来就堵心，我一想起我跟你说的私房话，有些几乎算是绝密隐私，我觉得自己就像个傻逼二百五，任由你提取你想要的信息，你从我这儿旁敲侧击，探出情人跟老婆相处的实录，回头再跟情人求证讨论……你不觉得你太卑鄙太龌龊了么？你敢当着全公司同事的面，承认嫖了我老公么？你肯定不敢，你的羞耻感会让你觉得这事不光彩，不光明，没人格，但你背地里干这事儿，你就可以干得那样理直气壮？从来没有摸摸自己的良心是不是还躺在自己的心窝子里？……如果我不把事实摆到你眼前，你还要跟我装多久呢，一直装下去，或者要等到我去捉奸在床？

白日梦把脸捂进手掌心，躬着身子不倚不靠地坐在宽大的沙发座上，头发垂下来，像一排帘子挡住她的半劈俏像。

白瘦嗲不为所动地看着屈辱中的她，继续问，你们怎么会搞

154

上的呢？是去我家烧烤那天开的始？

不要问了，白日梦用无法控制的颤音小声哀求，请求你！

你既然这么羞愧，你怎么还能做呢？做一次也就算了，我对你表示过怀疑之后，你竟然还能接着做，心情、质量、数量一点也不受影响！

不是这样的，白日梦激动地争辩，……我不是安心想弄成这样……我想结束，一直想当成意外插曲跳过去……我不愿对你承认，就是想让那关系结束，还和你做同事、朋友……我是真心话，好爹他知道的，我没放弃过甩脱，就是甩不脱……太寂寞了，特别是晚上下班后，一个人的家，根本管不住自己……你不会懂的，你没过过独身生活……白日梦轻轻甩动脑袋哀伤地说。

白瘦嗲不无嘲讽地说，我知道，好爹扮什么角色我已经知道了，他一心上蹿下跳忙着扑火救火，跟我说你不可能干偷腥的事，回头死命劝你事发前赶紧离开现场……他真是社会精英国家栋梁，应该想法子调他去国际妇联，那样全世界家庭都有救了。

请不要迁怒好爹，白日梦放开捂住的一半脸，露出两只眼睛来对着白瘦嗲，正式恳求道，他是最无辜的，也是最为你打抱不平的，是我要求他稳住你的，我跟他保证我会很快抽身，不留痕迹……他这才肯帮我说假话的。

那么这件事你想怎么处理呢？白瘦嗲问。

任由你发落！白日梦沉吟道。

我能相信你么？白瘦嗲冷笑，你样子乖得像猫，谁能想到做的事跟狐狸一个德性。

你就再信我一次。

好，白瘦嗲说，那你想要怎么收场？

我一直的意思都没变，白日梦说，就是先前说的那样。

把我的老公你的情人当炮灰牺牲掉，你我继续做同事、朋友？

白日梦默认。

白瘦嗲冷然发笑，点头说，我非常理解你，也更加了解你，一份高薪稳定的工作不是那么好找的，比逢场作戏的男人难找多了……你认为我们还能做回好朋友，是吧？你真豁达，我们日后的友谊还可以增加一个话题，探讨一下跟同个男人卖的拉污的感受，当然，在你面前我应该感到自卑，因为你的情人已经跟你说过了，跟我做没意思，跟你才有激情……说到此刻，白瘦嗲的精神面貌一瞬里垮塌下来，身板向椅背倒去，双臂互抱，以半仰的姿势面朝天花，声音里充溢难抑的挫败低靡，你们两个，到底谁主动的？我只问这一点。

不是我。稍后，白日梦从牙缝里缓慢挤出三个字。

44

仇司令外出办事，回来时给陶然带了七十一店的墨鱼丸子串。包装打得很严谨科学，先把几根串子倒栽在一只一次性水杯里，外面再套上一只保鲜小马夹袋，这样连汤汁都保全了。

陶然看了喜上眉梢，冲他扮个鬼脸，唆着舌头小声说，有云呢拿就更美满了。

仇司令也挤眉弄眼地回她一个鬼脸，那个回头现场去吃，带回来也全部化了……晚上下班前把活儿都处理完，一下班就走人，带你去一个地方。

什么地方？

暂时保密！

陶然把有限的墨鱼串子分给了有限的几个人，张佩吃着串子问陶然，仇家还有没有兄弟没订出去的，没有嫡亲的，表的堂的也成，据说体贴是一种有家族遗传的基因反应，回头我们两个还可以做妯娌。

那我帮你问问，陶然回她，没有也不要紧，评估一下司令的个人资产和未来收入，看看够不够养两房媳妇的。

让陶然意外的是，仇司令下班后领她去的地方，竟然不是料想中的小吃小喝的传统节目的所在地，……生活马上变得严肃认真起来，他竟然想买房子，她的脑门一下就大了。踏进售楼处的大门，她就在对自己冷笑不已，她不清楚仇司令的财政状况，她对她自己的经济实力可是了如指掌，她通过这二三个月的努力，终于攒下她人生的第一笔巨款，数字是一个 7 后面拖上三个圆圈，计量单位为元，币种为人民币，这，恰可以买到他们所看的楼盘中的某个楼层价下的一个平方米。

参观了该物业的样板房，仇司令还煞有介事地跟售楼小姐咨询了房子产权方面的相关事宜与具体细节，弄得好像很有意似的。陶然全程没说一句话，仇司令问她如何如何之时，她一律回复他一个不置可否的沉默眼神。

回去的路上，仇司令问她，你怎么什么意见都不提呵？我觉得 16H 座的不错，跟我们现在住的户型有点相似？

总价 91 万的那套？陶然骇异地问。

是呵，仇司令说，你觉得怎样呢？

陶然研究地看看身旁的男子，道，我跟你处世态度不一样，我不会对力所不逮的东东抱太大热情……91 万？我想都不敢想，就算我不吃不喝，把所有薪水都拿去还按揭，都要还上 30 年，这还只是本金，如果再算上利息，那我只有去卖肾了。

仇司令把她使劲往怀里一带，一辆无牌摩托车从她身边呼啸而过。她面露惊恐恐地说，你看，我还没有在我的人生里设计一两笔无妄之灾飞来横祸什么的，就已经这么不堪重负……也可能我四十岁的时候，心脏需要搭桥，随便一个癌细胞……

仇司令抬起勾在她脖子上的手，一把捂住她的嘴，呵斥道，什么乌鸦嘴？难道你的未来蓝图里只有个人奋斗？你看人家武侠片里，闯荡江湖的，无不是英雄儿女配，武功好的哥哥，带个武功差点儿的，聪明机灵会做饭的妹妹行走江湖……你怎么尽想的是单打独斗呢？

就算找个男人一起供房，就能轻松很多么？陶然反问，我比较切实际，相信我这辈子住 91 万的豪宅是小概率事件，不指望！……三成首付也要接近 30 万了，还要装修……陶然摇头，我是绝没可能有这笔钱，你也不大可能有这个数，咱们如果真的要考虑一起供楼，也要找个合适点儿的，比如梅林一带的微利房，小户型的，还有点可能。

你也太小看我了吧，仇司令骄傲地一扬脖子，说，好歹也是术业有专攻的人，打了几年工，连一个首期也付不起么？

这不是一般的首付嗳，陶然说，在关外都可以买上整套的了。

那又怎么样？仇司令资格老老地说，哪儿谋生哪儿安家……我们要在这个城市的心脏部位为自己安置一个窝，起点高点不是坏事，有压力才有动力。

你那么有钱么？陶然置疑。

大钱没有，小钱还是有一点的。

陶然很怀疑地看他，你没贪污吧？

拜托，仇司令忍无可忍地叫出来，真牛叉都买上轿车了，我工资比他高，奖金比他多，花钱比他省，我有一点积蓄不是最正常不过的事？

哇，陶然这回是彻底相信了，狠狠抽他一记，叫道，你竟然还是一介腰缠30万贯的富有青年嘞，失敬失敬！……明天就去，把那91万的豪宅订了，后天我们去登记结婚，这样我就是那91万豪宅的女主人了。

说话不算数的人是乌龟？仇司令逮住她发誓。

女人做乌龟不适应中国国情，陶然大笑着逃开，女人只有通过积极作为，把男人沦为一只乌龟！

45

赵雅仪匍匐在被子上。被子堆成凌乱的一团，压在她的腹下。她的小腹隐隐作痛，伴有轻微腹胀。她的体内正在进行着一次常规失血。

电风扇立在窗台上，摇晃着脑袋，把呼呼的热风沿途吹向她。窗帘拉开一半，使她的床笼罩在半明半暗的光线里。

手机躺在枕头上，那是一个令她揪心的源发地，却又让她寄托着无穷的希望。

中午，她跟楼下餐厅老板娘一起吃的饭。她已经好几个月没有进账了。没有去学习班授课，也没有促成任何一项可以提成的业务。她的生活捉襟见肘，银行卡上可怜的数字只要稍微动一动就会火速归零。

老板娘阿华同情她，为她出谋划策，让她以怀孕的名头找于天拓要一笔补偿款。阿华很正义，她说，他打着婚姻的幌子玩弄女性，理应有所付出，找鸡还要买单呢。这说法让她羞耻难当，然而现实的困境，让她不得不选择放弃自尊。羞耻感是可以扔掉的。如果要奢谈羞耻，她蒙受的屈辱，足够她跳进黄河死一百次了。她的爱情从来都像鸡毛一样廉价，让人随手翻拣、唾弃、踩踏。但她的爱情（她那是爱情么？），那样易于诞生；她总可以一再卷身在同一种旋涡里。

她从前专挑帅哥倾心，她现在已经改正了，她选择了于天拓，他不仅不帅，且有老人斑，腹肌松弛，发际线像维多利亚港弯内凹的海岸，迂回曲折，蜿蜒盘旋……她竟然也那么惦记，能把火热的身心同时付出，且捎上无尽的回忆、等待与思念。

她不禁对自己冷笑，有些女人天生就是贱命，比如她。

她有勇气自杀么？这个问题，昨天深夜，她已经问过自己了，结论是没有。当时她起身上洗手间，突然被巨大的悲哀击中，一瞬间她想到死，她找不到扛下去的理由。她想到好几种方式，煤气就在屋里，唾手可得。她坐在地砖上，盯着煤气罐，发了半小时呆，她终于发现，她没有实施的魄力。她选择继续活着，直到意外身亡。

她没有死的勇气，她就要有争取的勇气，必须摒弃奢侈的羞耻感，维权。

她抓过手机，忧怨与歹毒同时作用在她的眼底。她用十秒钟思索，半分钟拼写，向不知身在何处的于天拓短去一条信息。

她掼了手机，翻滚身体仰面而卧，一行清泪滑进水平线偏低的一侧鬓角。与此同时，一股潮湿的热流从她的下身汩汩涌出，她能感觉到血流的迅猛以及其中顺势滑出的块垒，她迅速挺身坐起，又一股暗流潮汐般湍急经过，她心中一阵快慰，这温热黏稠的组织液，她知道，她们都有归宿，会如期渗进拦截在出口处的棉质柔床。

46

中午吃盒饭，陶然身旁宝座上坐的，不再是固定人选张佩。仇司令的身边人也不再走马灯。随机性与临时性从他们的就餐座次里消失了，取而代之的是两位一体格局。他跟她，已经是公司众所默认的小两口。一方如果想挤进哪条人缝里，人缝会自动为他们空出两条人缝的空间；陶然如果抬着头，目光显示出搜索的疑惑，就有人主动向她提供仇司令的去向，这种受鼓励、受培植、受保护、受监督的人环境里，想不进入角色周围群众也不答应。

陶然也就顺应民意，成全大家看爱情戏的心愿。从前最看不惯怀春女衷情男，不分场合，公然调情搂搂抱抱，现在不但能看，还能做。坐上公车，车厢人挤人，有时她连一根柱子都捞不上手抱着防震，就把仇司令当柱子抱着，仇司令则一手拉吊环一手护着她，样子相当恩爱。

但是，他与她，始终还没有身体力行地爱过。这对有现成的房与现成的床，有大把相对独处的时间与空间的热恋中的男女，简直是不可能的任务，但是，陶然做到了，仇司令也无奈做到了。他几度欲下手而几度未能得手，他发现她的抗拒是当真的，她的理由也相当顽固。她说她不是立意要做一个什么特立独行的人，真的不是，只是这特殊城市的男女关系让她深受刺激，让她作为一个年轻女性又悲哀又屈辱——随处都是没有未来的同居男女，分分钟都可以一拍两散，像汽泡一样从对方视线里蒸发，此后各自过活彼此不涉——让这把爱情想象成是不能开启的密室、不能触及的深痛的她，无法接受。很早之前她就为自己定下一条规矩，绝不践行所谓先上车后补票，或者半道下车，根本无所谓票不票的婚前同居行为。

那么，亲爱的仇司令，他想结束这种美人当前，欲火焚身，每每需要关在卫生间冲冷水澡，顺带吃一顿自助餐的生活，唯有走完婚这条路了。

仇司令带着陶然，定下了那套91万的豪宅。仇司令事先并未张扬，只说再去看看，陶然附议说，有五六十平的小户型最好，这样的房供一套还勉强能够支撑。

仇司令掏出一万块钱下定金时，陶然小便都要失禁了。她想他这笔钱一准是白压了，拿不回来了；她想他真是太冲动了，公司薪资都是保密的，她不知他的工资底细，但每个月要用六千元来还贷，持续十年！……这房子根本就不是为普通工薪族准备的，至少要集团公司的中层以上，或者拆迁户，或者本地土著，或者归国华侨，港台同胞，才有实力问津。她很想问他一句，你月入过万了么？但公司纪律严明，已经潜移默化了她日常生活的言行，自打进了公司，她是绝口不过问人收入的。

直至走出售楼处50米外，她才开始跟他探讨这个问题。

她说，我觉得你这样做压力太大了，天天想着还贷的事，做人还有什么乐趣？

他好笑得要命，拉住她，把她带进怀里，那你要跟我一起还，每个月只可以留三百块钱零用，其余都交出来供楼。

我平均一个月结余一千块就是最大极限了，工作能力又不强，随时可能面临下岗，她说，开发商如果要为我这种人准备楼盘，最好是每单元十到十五平米的。

嫁给我，他拉住她的手，正经说，跟我一起供楼，我出整数，你出零头，我们夫妻双双把贷还？

她不理他这一茬，偏过脑门说，也许你现在的收入、积蓄让你觉得能扛，但是想过没有，十年？扛完这房子你就接近一个中年男人了……谁能保证这十年不失业，不出现其它中断收入的意外？

如果总是悲观地展望未来，那就没法走按揭这条路了，仇司令说，兵来将挡水来土掩，没有过不去的坎儿，况且我对自己的工作能力很自信，我相信在未来的发展空间里，我失业的机会不大……从我毕业至今，我都没有草率编排过自己的工作前程，男人没有事业不行，但也要找准自己的方向，我以前很想在 30 岁的时候开一家财务公司，现在我就不这么想了，觉得能打一份高薪的工是很不错的选择。

财务公司？她瞪大眼睛求证，放高利贷的……那种？

哎，拜托，他把她从左臂拨到右臂搂着往前，不要老拿港台电影里获取的知识来看世界好不好？

他笑，再说，我什么财务项目都想周全了，唯独没想过放高利贷……拿着一米长的西瓜刀砍人玩儿的生活，想起来是很辉煌、壮观，但是善后工作比较麻烦，属于拿生命赌明天的狂徒们的强项，像我这类没血性的男人，是没勇气上那样的赌桌的……平生无大志，守着心爱的姑娘过到老……嫁给我吧，好不好？

求婚也总得有束花吧？

那现在去买？他拉住她就要打的士。

她一把制止他，把的士挥走，说，请继续保持从前艰苦朴素的作风，供房革命任重道远，更需要我们勒紧裤带过日子。

花还是要买的，他说，不然对不起这隆重的时刻。

求婚的道路也很漫长，她说，这个过程中也许需要牺牲很多的鲜花，如果每次求婚都需要鲜花助阵，很容易造成浪费，与勒紧裤腰带过日子，抓住每一文钱财供楼的革命口号有悖，所以我建议你从公司带一叠打印纸，一支红色的签字笔，回家来潜心画花……

鲜黄的 216 路公车像一袋移动的大切片面包滑停在站台下，她拉起他的手冲了过去，两条矫健的身影刹时被大铁盒子吞没。

回到家，两人磋商着动手准备晚饭。一开冰箱门，发现里面相当空旷。一颗寂寞的洋葱头，经历了漫长的无人问津的失意之后，决定转型，改走水仙路线，冒出足有半尺长的尖芽，等候着命运之神的眷顾垂青，结果被一只白嫩的手一把操起，一举抛进垃圾桶；冰箱门内壁附有鸡蛋一枚，取出摇一摇，已经松壳，属于好蛋坏蛋之间的边缘蛋族群；另有西红柿一只，肌肤红得喜人，拿出一看，已经发了软，明显烂了，赶紧扔。最终，他们还算有所斩获，在一些不起眼的犄角旮旯里，淘出了一包涪陵榨菜，一袋康师傅汤料，小半挂龙须面，然后还在冷冻层发现了几只，不知何时何故滚落下来的，馅心不详的冻水饺，以及同样悬疑不清的五粒僵硬的猪肉丸子。两人铁骨铮铮地决定不叫外卖，以实际行动证明，伊们是能捱苦日子的人。于是，他与她，就把这些可再造资源一锅炖了，成就了一窝宛如《迟来的爱》一样糊里又糊涂的大杂烩。这之间，险些儿一举搞砸——按他的主张，那枚边缘蛋，是要被获邀加盟的，但她一票否决，罢免了它的出场。事后显示，她的决策是英明果敢正确前瞻的，那枚边缘蛋后来被验明正身，果然是枚坏蛋。如果不分青红皂白，捡过它一敲一掰沥进锅里，那就生生制造了一桩株连九族的冤案，那么，他们向艰苦生活挑战的第一场演习，也许会换成饿肚皮收场。

星期日，二人一起去把买楼的首付缴了。几十万血汗钱拎给人家，人家就回得一张单薄票据，手续简单到让她持久不能踏实。总之从落订金开始，她就充满疑窦惊惧，老担心经验不足导致差池。她问了好几遍，就这样么？最后才依依不舍地离开人家财务室。

回头两人去逛了岁宝百货。岁百真是太懂女人心了，无愧"必有一款适合你"的招揽辞。陶然在跨进去之前已经非常严肃地告诫过自己，只观摩不购买，权当丰富见识，了解一下今夏的流行趋势。然而，终于，最后，她还是没能抗住横竖都流的物欲，理智在最后一秒伏地身亡，她毅然放弃抵抗，一举拎上相中的裙子与皮凉拖，英勇如就义，跨踏进试衣间。

桃红色的露背束腰连身裙，长至膝盖，露出嫩白一截藕腿，脚上趿一双同色坡跟凉拖，丹蔻染于趾甲，性感撩人。她的确懂打扮，会穿衣服，会搭配，知道什么适合自己，于是她把他看呆了，二话不说上前给她买了单。

她要把买了单的新衣服新鞋子换下来，他不让。他让她就这么穿着回家，让店员把旧衣旧鞋包好带走。依然是坐公车，她养了一车乘客的眼。她自鸣得意地观察比较，咳，是没人比她胜出。

但是，这么养眼的美女，在公车上放屁。一声极其常规的屁响，自她的身体中段进出，而她，非但没有害羞的表情，还傻笑，还不止放一个，放第二个时继续傻笑，简直要把连同他在内的乘客震得眼珠子掉地！

一回家掩上门，尽管他觉得问题不那么适合摆上桌面，但还是出于关心，强忍尴尬，把心中的谜团抛出。他问她，喂，你是不是吃坏肚子了?

她不解地看他,随即笑得前仰后合,滚到沙发上捧着肚子直喊哎哟。

他以为她真是肚子不舒服,就建议地问要不要吃点药。她怕弄皱身上的裙子,又笔直地直起身拉平裙摆,不客气地说,你才要吃药呢。不笑了,跑进卧室捡了衣服准备冲澡。

他忽然又听到屁响,非常之逼真,像那种久受压抑又无法控制迸出来的一样,中气足分贝却不是很高。这次不是从她身上发出的,而是来自玄关处的挂物架,那儿挂着她的坤包以及其它零碎衣服帽子。她听到屁响就奔过去翻她的坤包了,翻出她的手机,然后又听到类似的屁响,她则已经把手机举到耳朵边上接听。

他算活活服了她。如花似玉的大姑娘,竟然选择人群为之色变的放屁声作手机彩铃!这屁声像到什么程度呢?说以假乱真还说轻了它,压根就像是潜伏在厕所一隅偷录来的,是经过比较和甄别选拔出的,民间高人之鲜活原创。

47

赵雅仪坐在丽都西餐厅等陶然。服务员揣着点餐本向她走来,她手一挥,语速极快地说,先不点。服务员倒回去,用托盘给她端上一杯凉白开,她拎起杯子,一气喝掉大半。一旁站着的服务员,装作不经意地向她投去飘忽的一瞥,那闪避的眼神里,是下层人民看下层人民的轻视。

陶然出现在豁然推开的门边,一眼看到坐着等她的赵雅仪。

她快速走上前，她则站起身，微笑着拉开旁座的椅子。

二人围住案一角落座，服务员又用托盘送多一杯凉白开。

等很久了么？陶然用手掌为自己扇风，歉意地解释，我下早了一站，走过来的。

我也刚刚到，赵雅仪安慰她似的笑一笑。

话题很快切上正轨，赵雅仪失控地流着眼泪，不在乎服务员过来续水时的耳朵与眼睛，痛陈哀伤与隐情。

我一定要报复他，赵雅情绪激动地说，我不能就这么算了，他欺人太甚……

你能怎么他？

我要搞得他身败名裂……我去网上发帖，揭露他举着婚姻的幌子玩弄女性……我要把他的丑行公之于众，让他周围的人知道，堂堂房产商人，政协委员于天拓的真正面目！

陶然内心是万万不以为然的，她冷静地给她分析说，行不通，先不说你发这样的帖子会不会造成影响，即使有反应，也未必是对你有利的，可能更多人会怀疑到你的立场，反而认为他是无辜的……你想想，一个女人说自己被人玩弄了，指出玩弄她的人品性如何恶劣，谁见了这样的帖子，第一反应肯定是觉得是这个女的恋爱不遂发泄恶气。

赵雅仪怔住了，无辜无措的眼神却让陶然蓦然一阵心痛。

陶然说，不然我们找个公用电话，你拨好号码，我来帮骂，先把要骂的话写在纸上，以恶毒阴损为纲要，咒他祖宗八代，到时拎起电话机直接喷过去就是。

如果他一听苗头不对，挂机，赵雅仪说，不是白准备了？

那也是，陶然失望地说，难道只有请人打他一顿一条路可走？请也不知请谁呵？我可是黑白两道没一个熟人！

　　我有个开餐馆的女友，赵雅仪说，她建议我把他约出来，去
酒店开房，然后施计把他衣服、鞋子、随身手包全泡进水里，把
他的车钥匙拿出去扔了。

　　这太冒险了吧，陶然说，他又不能看见你把车钥匙扔了，还
以为你一直拿着他的车钥匙企图做什么呢，万一他报案，说有人
要偷他车，到时搞不好还要受到国家机器的制裁——杀敌一万，
自损八千，这样的事业不为也罢，且万事都好商量，触犯法律的
事千万要掂量，为这种败类，自然不值搭上自己！

　　我约他也约不出来的，赵雅仪自嘲地微笑着说，他现在对我
唯恐避之不及，哪里还会带我去开房？……我太不甘心了，捧出
一颗真心，结果是任人践踏蹂躏……他既然对我无意，为什么要
这样对我？甜言蜜语，婚姻的许诺，占有我的身子，每一次都没
有防范措施……他让我以为，如要我怀孕，正是他所期待的……
我三天前跟他说，我可能怀孕了，没有来那个，结果他没有一秒
迟疑地对我说，你搞错了吧，我买彩票还没中过奖呢，立刻收
线……赵雅仪眼中迅速噙满泪水，吸吸鼻子，声音瓮瓮地说，这
几天我特别想我妈妈，我妈过世时最担心的就是我，我当时正处
第一个男朋友，我妈不喜欢他，认为他不可靠，不放心把我交给
他，我妈临死都在念叨，怕我过不好，怕我受欺侮，如果她看到
我今天的样子，她泉下有知一定不能安息……我好几次想到过
死，我想到我妈，我这么去阴间见我妈，不过是多添一条冤
魂……大滴的眼泪滚出她的眼眶，她终于伏下头去，肩膀一耸一
耸地大声抽泣。一旁的服务员好奇地盯着她看，满脸诧异。

　　回家后，陶然的脑海里不时跃出赵雅仪凄苦无依的神情，弄
得她也很想跟着哭一场，并且相当高屋建瓴地怀疑起人生的
意义。

仇司令下班后直接去了健身会所，之后又电话通知她要在外面吃饭。等他喝得两腮桃红地出现在家门边时，就见她穿着睡衣，撑着脑袋歪倒在沙发里发呆。

他走过去想要抱她，被她抵制了，他以为他的晚归让她不高兴，不禁为之窃喜，这证明他的行动已经左右了她的感受，这是好现象。

他乖巧地去洗了澡，把自己整得满身橙子味的肥皂香再来抱她——他以前用这种沐浴液洗澡，出浴后她都要抽着鼻子叫，胃口大开，好想吃橙子呵——但这回她挣扎着推开了他。他不解地问她，怎么啦？

她反问他，怎么样才能让一个男人，为他做出的事付代价？

他大吃一惊，一刻钟前的暗爽顿时化骨成灰。难不成一次晚归会有这么严重？他盯着她看，不明所以。

你想伤害谁，不是我吧？怪我回来晚了？

喂，拜托，她不耐烦地提醒他，不要万事都把自己当成男一号，谁在说你呵，你回来早回来晚跟我有什么关系？我才没那闲心管你呢。

那你干嘛……问这么奇怪的问题？

你是男人，她说，我就想找个男人请教一下，对男人来说，致命的一击大概在哪儿？

这没有定论的，各个男人的命门不同，就看他比较看重什么……人都一样，不分男女，能伤害自己的东西，一定是自己比较看重的。

那男人普遍比较看重什么呢？事业、家庭、名誉、地位、爱情、子女、父母、健康、兄弟情谊？

这个……个体差异太大了，他说，要得到相对科学客观的结论，必须多走多看多听，听取各方意见……可以考虑去网上发个热帖，也可以把这个问题抛给好爹，让他作为明天餐谈会选题推出讨论。

你一点都不好玩，陶然嘴巴噘起来抱怨，身为男同胞，竟然对自己的族群没一点切身体会。

我只能代表我个人，不能代表绝大多数男同胞，而且我正处在一个历史非常时期，崩溃的取向就更狭隘了……如果有人跟我说，长腿另外有了新欢；长腿要结婚了，新郎不是你……都足以令我万念俱灰！

看来你是不放弃任何一个做小嗽叭的机会！

我本不是个肉麻的男人，何以走到这一步？实在是你太坚持了，到今天都没给我一个明确的答复……我今天喝了点酒，但保证没醉，我就乘着这点酒意，好好把这事跟你落实一下，你到底什么时候肯嫁给我？或者你到底会不会嫁给我？

我凭什么给你答复？她反问，我自己都不知道的事我怎么回答你？

他被她噎住，片刻后才问出一句，你就从没想过咱两个的将来？

想过呵，她说，没答案。

那好，我来帮你一起想。

你对我……有感觉么？他正色地看着她。

感觉挺好的呀，她说，人好，心肠好，没啥恶习，从吃狗肉进步到不吃狗肉尤其值得嘉奖……

我不问你这个，他打断她，你不要顾左言右，直接回答我的问题就行……你对我，有亲近的冲动么？

她震惊地看他一眼，随即抖出一幅鱼死网破的表情，道，

170

好，既然你主动把话题摆到这上面，我就不妨和你详细探讨一下，你爱我么？你喜欢我么？你是怎么爱怎么喜欢的呢？

这还用问么，不喜欢不爱能这样对你？

哈，她冷笑一声，眼白翻天，搂着抱着，坐坐大腿，施以小恩小惠，就叫喜欢，那嫖客还喜欢妓女呢……我明了跟你说吧，省得你理解能力有限，回头瞎猜瞎想编排我……我觉得所谓男人的动物性在你身上暴露无遗，你是用下半身思考的动物典型，只会强行把我按在你腿上坐着，一拉我一抱我马上就有反应……我觉得窝囊极了，你这是尊重我么，爱我么，你根本就是肉欲横生，找个发泄点罢了。

他简直要被她震死，她也很义愤填膺的样子。

我一想到这种莫名其妙的开始就缺氧，她嘟着脸继续说，我因为搬过来跟你拼租，每晚穿着睡衣在你面前招摇，激得你肉欲横流，于是你动了泡我的心思……这种感情可靠么？这是爱情么？不是，坚决不是……怎么爱？什么时候开始爱上的？爱得有多深多思多想多牵肠挂肚？这种表现心路历程的情书，你没写过一封给我……我现在这么跟你说，你不要回头就去写呵……没用了，已经迟了——如果开口，那是要来的温柔——要来的有什么意思？反正我不要，我可没在丐帮混过。

他伤感地看着她，气势萎靡地说，你除了说对一个现象，其余分析没一条是正确的……我承认我很想直接得到你，每次都很冲动，但我对你的好感，绝不是从你住过来后才产生的，从你进公司，我就留意你了……不光我，牛叉，还有另外几个，都觉得你条件好，值得追，但那时没人敢追你，都以为你有个大款男朋友，因为刚开始几周，经常有个年轻男人用豪华奔驰送你来上班……

那是我姐夫，她打断他说，刚开始上班不熟路线，让我姐夫送了几回……什么豪华奔驰呀，一辆破破烂烂，车门都关不上的老爷车，他的老板丢给出去跑业务的。

但我们不知道呀，我们见到奔驰就自卑，他说，当时我们几个男的坐一起吃饭聊天时还说，什么时候奔驰不来了，我们才有希望。

那又怎么样？她悻悻地表示，这也不能证明你那时爱上我，归根结底你开始行动还是我住过来之后，所以我不能控制送货上门，你照单全收的感觉。

他痛苦地抚了一下额头，瘫软在椅子里。

呵，有了，他忽然弹坐起来，激动地大叫，情人节那天，我给你送了花的……因为我当时完全没底，不知道以我的名誉送花你能不能坦然接受，所以我采用了匿名送花的方案……

天呐，她大叫，那花是你送的？怎么不早说呢，我一直担心另外有人用灵魂执着痴情地爱着我，所以一直举棋不定要不要等他现身，跟你 PK 一下，没想到就是你呵……谢谢你，你那豪华玫瑰我捧在手里，所见者个个激赏，我那天非常有面子，一百朵呵，花了不少钱吧？

他本来听得相当来劲，但她的最后一句，令他狠狠一怔，旋即，脸色起了微妙变化。

48

陶静把帅帅送去幼儿园后，行动目标就真空了。她站在街口迎着朝阳迷惘了一阵，一时无法决断要把腿脚伸往何处。

她穿一件剪裁简单如睡衣的青灰连衣裙，平底凉鞋，没包没伞，两手空空，手臂上拴了只手机套，没放手机，放的是钥匙跟零钞。

对面是天虹商场挂着巨幅豪华广告的屋宇，正中间是著名时模李红，美轮美奂的侧面，身着枣红套裙，手携女式公文包，摄成脑袋有大彩电那么大的巨人，静止于该建筑垂直表面，一停数年，寒来暑往，不眠不息。

她隔着马路看到商场正在开门迎客，她内心嘲笑地问自己，是不是又将潜进去，什么也不买地溜一圈？她踢了一粒脚下的石子，石子挣脱地心引力，飞出去，打中一个过路老汉的裤管。该老汉一望而可知属胆小怕事族类，无辜被人错待了，不仅不维权，还害怕地看她一眼，脚下生风地扑向马路对岸。

在横穿马路的大军中，她终于也随人流踏上斑马线，如期涌到对街，无可避免地再次沦为一名超市爱好者。

没什么要买的，超市商品丰富，单是那些日常生活用品，挑到手里进行一番性价比，足能耗去小半日光阴。况且那儿有冷气，有休憩台，有小吃，不失为无业游民的好去处。这么一想，她立刻有了计划。儿子的早餐是承包给幼儿园的，她个人还没吃早餐，她要去商场二楼的供油站，烫一碗很辣很麻的猪血子当早餐。

挂名供油站的小吃部，在卖给她一碗现场炮制的新鲜麻辣猪血子的同时，还为她义务提供了相关配备，超长超粗牙签一枚。她搬着她的另类早餐，找了个位置坐下，用加大码牙签扎上一块块弹性韧性都甚合心意的猪血子，旁若无人地喂食自己。

都怪她自己不好，师傅下料时，她不仅鼓励人家多烫一点猪血子予以实惠，更声声叮咛味道要重，结果不但麻辣无比，盐也下得大多，刚吞吃几口她就眼泪鼻涕飞流直下，不找点东西镇一镇缓一缓，端的是难以为继。她站起身，跑去供油站再买上一听冻可乐，又顺手拿下一支绿豆冰糕。

回到原座，把可乐的拉环拉掉，把冰糕的外衣扒掉，喝了一口可乐，准备再次沉浸在又麻又辣，后以一口甘甜的冻饮解救自己的快感之中。她又起一块嫩汪汪的猪血子，送往口腔，眼光随意地一瞟，目之所及，让她倒抽一口冷气……她冲着电梯处的一伙人，确切讲是这伙人中的某个具体目标，艰难而又矜持地点了点头。那个被点头的目标，一个单肩挎着黑色公文包的年轻绅士，驻足停下，微笑着招呼道，嗨，陶静！

她咽下了嘴巴里的残存猪血渣，心中难堪到极点，面子上却还在竭力往落落大方靠拢，对他回过去一声嗨。他很快对她挥挥手，歉意地说，我有点事，要先走。她对他点点头，再摆摆手，看着他随一行人消失在楼梯的转角处。

浪费了那碗好猪血。当时吃不下，按照她一贯精打细算的节约宗旨，是可以打包提回家的，特别是那浓浓的汤料，在把猪血子打捞净后，她灵巧的双手配合灵活的大脑还能来一次化废为宝，自己再整点肉丸子大白菜油豆腐嘛的，丢进去烧一烧，又是一顿喷香的麻辣烫。但是，那一刻，她对她的人生充满鄙薄厌弃，对自己身上的每一根毛孔都腻烦透顶，不仅食欲全盘蒸发，连带着升腾起满腹怨气。她把所有食物一举投掷进垃圾桶，尔后快速离开现场。

她无处可去，却还是勇往直前。跨出商场门后，满地发白的阳光晃得她睁不开眼，她惊惧地打量着这座打造了改革开放奇迹的城市的一角，此刻它热得像一只工作中的火炉，上午九点的日照足已把她逼退至檐下。她每周费时费力，不惜血本投资，攒得的好皮肤，这样的辐射半小时就能将其打回原形。她转身扭进了与商场毗邻而居的肯德基。

她在肯德基坐着发呆，在时光老人的悄悄干预下，她的羞赧渐渐转化为自嘲。刚刚那个体面的帅哥，正是她当年与赵雅仪结梁子的元凶，可以算是她的旧情人，因为俩人确实手牵手一起走过，互为男女朋友在人前隆重推出过。后来赵雅仪介入，所谓介入也是事实不清的一件悬案，嫉妒与愤怒令她等不及弄清就像疯狗一样扑上去撕咬。他自始至终没有向她承认过与她的女友有奸情，倒是赵雅仪坦率地对她叫嚷过，是喜欢，又怎么样？帅哥不堪她的无休止侦缉，单方面宣布解除恋爱关系。帅哥可会装了，表示这是沉痛的决定，理由是相爱容易相处难，表示对她美好的记忆将永葆长青。反正留面子她的话说了一堆，弄得她也相信了与他是情深缘浅不得已。

她对自己冷笑。肯德基食客稀少，服务员也大半蛰伏隐匿，室内整洁安静，弦乐流动，空气里喷洒过桂花香的洁净剂。她嘴角飘过一丝笑意，想自己与老情人经年未遇，却在此处，没有早一步也没有晚一步，刚好在她吃着一碗快要辣死的猪血子的当口，无约相逢。她退一万步地想，哪怕是在肯德基遇着，也比搁在那儿强呵，那是一个多廉价低档的场合，把自己烘托成一个市井妇人的形象无疑。

她忍不住站起身，来到肯德基的镜子前，求证自己的落拓程度。这一看她彻底定心了，师奶，就是一个不折不扣的师奶，发丝凌乱，裙摆皱痕深刻，邋遢而庸常。这样的师奶，得遇旧情人，不可能发生言情剧里的壮观——回眸，定格，爱怨交加，目光痴缠，旧情复燃，尘缘如梦，情缘如风，欲步不前，欲罢不能，一步三回头，回头又回头，女主角抱着柱子落下滚滚热泪，男主角跨入飞驰的地铁，靠在门边上头颅上仰，心痛心碎的感觉尽情泼洒——这些动人心魄的美丽瞬间不可能发生在她身上，至少此时此地此种装扮的她，担不上如此重任。她可是言情剧的忠实追随者，综观她的观剧史，也没见过有哪个穿得如她这般恣意汪洋的女主角获得过爱情的垂青，倒是在赶早市，去传统菜场买菜的大军中，比较容易发现这类原汁原味的劳动妇女样板。

一个女人，除非她天生丽质到没有一丝缺憾，不然保养与包装绝对是成全一个美女或者搞砸一个美女的关键，这是不二的生态规则。

如果她回家梳洗打扮一番，或还能迎来一缕曙光。难道真的要回家重新打扮一番，再回到这里来与帅哥装作不期而遇？她笑了，她终于获得力量，笑得高深莫测、居高临下，坐在冷气充足的洋快餐厅，她充分相信，她陶静已经挥别一切风花雪月。

透过巨幅落地玻璃窗，她远远看见一辆的士向正门驶来，她马上站起身拉开门，车上下来两个和她一样珍惜皮肤的姑娘，拿手包挡住太阳，向餐厅冲来，而她，与她们，仿佛是敌我双方达成的一场人质交换，举着手臂护住珍贵的脸皮，飞奔着扑向的士。

49

中午扎堆盒饭，好爹应陶然要求，布置给大家一道题讨论。不过好爹话一脱口，陶然就发现严重跑题，跟她所要抽调的民意差了十万八千里，她又不便直接地提出修正，唯有强忍心中遗憾，与众人一起热烈讨论了——你，在财富与外貌两项中，只能两选一，你取谁舍谁？

结果，几乎所有男同胞都选择了财富，而女同胞们则刚好相反。男人普遍表示丑点不要紧，只要财富真；女人则坚决表示，宁可做贫穷的漂亮姑娘，也不愿成为超级丑的富婆，那样的富裕将毫无意义，就算把马王堆汉墓里的金缕玉衣买来披身上，谁欣赏？谁爱慕？

这么说，对男人来说，让他破财比让他破相要严重得多，是么？陶然最后向男同胞们发问。

那可不一定，真牛叉说，要看破多大财，破多大相，破相与破产之间，男人宁可选择破相。

我完全赞同牛叉，仇司令说，破小财宁可破财而不破相，大破产宁可破相而不破产。

破产是个什么概念呵？陶然问，破产也有不同程度的破产吧？其实也就是大破财的一种，反正就是说，大破财，就要令到男人伤元气，我这么理解对吧？

对，好爹说，再找不到比你更冰雪聪明的姑娘了……什么时候请我们喝喜酒呵？

I do not know！嘻嘻。

Do not？不是 don't？张佩刚刚复习了语法，敏锐地辨析了陶然的表达语境，说，do not 可是用来强调否定的，看来你想表示你不知道得很严重呵?！

下班前，仇司令致电真牛叉，约他一起去健身。

在健身所的更衣室换衣服时，仇司令把自己的衣服团成一团往柜子里一塞，回头看到真牛叉把衣服叠得平平整整的，用手托着送进柜子。他没一点感悟，反而对真牛叉说，娘娘腔！臭衣服，回家洗澡就换的，搞那么隆重有必要么？

你多好，有人给你洗给你熨，我得自己当心自己。

仇司令心里一阵复杂，陶然对他可没有别人想象中的体贴，但别人能这么想，他觉得也是有面子的。他忽然想起一件事来，深情地注视着换好衣服的真牛叉。

真牛叉被他盯得直发毛，叫嚷道，你干嘛，我头上长癞子了么？

牛叉，你跟我说，你情人节那天送长腿的豪华玫瑰，花了多少两银票？

真牛叉大吃一惊，随即就镇定下来，问道，何以这么问？

我知道是你送的，仇司令说，情人节前一天，我们两个跟好爹吃饭，表达过对送花的不同见解，你说你送姑娘花，一定挑最好的玫瑰送 100 朵，既代表着百年好合的心愿，同时也能造势，姑娘会为你的慷慨浪漫心动，你认为送一枝或三枝会被姑娘看作没诚意，是吧？

没错，真牛叉说，我到今天，主义都还没变……我记得你当时是强烈批判我的，你认为送花只是一种仪式，聪明的姑娘不会用量多量少，豪华与否衡量爱情的深浅……反正你说花不实惠，把钱攒着，留着和心爱的人一起慢慢花才是尊重爱护未来的表现……但我得说，人生总得有些任性的时候，总得给自己制造点惊喜……

你说对了，仇司令向真牛叉抱拳一揖，我准备放弃我的主义投靠你……但问题是从前的主义铸下的恶果，还需要你的协助帮忙解决……我可以把你情人节那天买花的钱加一倍还给你，但你要忘记那花是你送的，要时刻牢记是我送的，成不成？

为什么嘞？

唉，我老实跟你说吧，长腿不是个居家过日子的实惠型姑娘，她就是你说的喜欢豪华型大玫瑰制造视觉冲击波的姑娘……我情人节当天，也从花店订了 11 枝玫瑰送她的，和你一样，我也采用了隐名埋姓的方式，当晚下班后，我看见张佩捧着我送的 11 枝，在站台下等车，长腿自己则傲然独立地捧着一大撮，后来跟张佩打听才知，长腿把我送的转手张佩了……我当时完全没想到那大束花是你送的，直到前晚她讲那是一百枝，无记名，我才顿悟，肯定是你。

你跟她说是我送的？真牛叉紧张地问。

没有，她误会成是我送的啦，我见她高兴，就不忍，也没勇气说出真相了，所以决定跟你协商一下，把那花钱偿给你，从此那花就算我送的？

真牛叉笑得意味深长，捡了毛巾搭上肩，和仇司令一起往练习场去。

真牛叉说，看来你在家里还没有当上 CEO 呵！

唉，仇司令摇头叹息，你是不知道哇，这块骨头很要命！

越是贴近骨头的肉才越香，别饱汉不知饿汉饥了，你还有块上好的骨头啃着，我连根猪毛都还没捞上手呢，真牛叉悻悻地说，……好爹今天竟然不来，跑去跟人喝什么咖啡了。

两人说着来到两台器械跟前，扯下毛巾挂在一旁的挂杆上，开始练肌大腿。

50

好爹夹在两个女人中间坐着。看官不要误会，他可不是在光线昏暗、空气潮湿污浊的靡烂会现场，他此刻置身于格调优雅的咖啡厅。坐法也是人均一张椅子，一人一面位子。左首白日梦，右首白瘦嗲，围成一个等边三角。白日梦勾着脑袋，白瘦嗲昂着头颅，好爹腰杆笔直地架在中间。凤凰卫视的窦文涛见了，一准以为有人要抢他饭碗。

白瘦嗲捡起桌上的烟盒，弹出一支来，点上，双臂交抱着落在胸前，眼神祥和。她吸一口烟，微笑着说，如果我出去搞破鞋，回家一定穿帮，我老公会跑来跟好爹悄悄说，我老婆昨晚没回家，她说她跟她朋友白日梦一起，切——，昨晚明明是我跟白日梦一起！

好爹担心地看看白瘦嗲，又看看白日梦，两个女人都貌态平静，看不出有当堂发作的苗头。他稍微安了安心，忽然又觉得自己扮演的角色挺幽默的，犯事的又不是他，两个女人竟捉了他来当判官！但是，热心的他，同时深觉受此邀请的殊荣可贵，证明他调和矛盾的能力已经得到周围群众的普遍认可，单冲这份信任，他的出马也是义不容辞的。但是，此刻，实在说，他不知如何驾驭这场谈判，所幸两个女人不是剑拔弩张的气势，不然如果上升到武力，他未必吃得消两个发了狂的女人。

究竟是当代人，不愧是受过文明教化的，对传统的争夫模式不屑沿袭，两女对垒，却无半缕硝烟弥漫。

白日梦始终保持沉默，勾着头，不发一言。

白瘦嗲说，半个月前，也是在这家店这张台，她亲口跟我说，她撤，结果到今天，她非但没撤，且保持着频繁的通讯联系，会晤……不要以为我不知道，我什么都知道，我闷着不说，不声张不作为，不过是想保全大家的面子……女人都会犯错误，何况男人？大家能达成尊重婚姻外衣的共识，就已经为家庭的良性循环作了贡献，响应了构建和谐社会的伟大号召，……所以我不打算追究我家男人犯错误的罪责，以保证我将来也有犯错误的权利……但是，白日梦，还是请你慎重地做个选择，离开公司还是离开情人，二者必选其一，以保证我每天上班不堵心……听上去好像是我在欺侮你，实际是你先欺侮了我，你不能捡这么大便宜，弄得全世界好像就剩你一个女人最香，男人找你当情人，女人找你当知己，至于你那些诋毁过我的话，当着好爹的面，为着我们两个的面子，都不方便讲出来，相信你也不想公开……

白日梦终于焦急地抬起头，眼神里写尽中肯的意味。

我最不要看你这样子，白瘦嗲厌倦地看她一眼，把眼光掉开，你这眼神可以在你的情人那儿披荆斩棘，在我这儿只能让我想起鳄鱼家族。

无论你信不信，白日梦真诚而又崩溃地说，我努力了，我上次在这儿答应你的话是真诚的，而且到现在我也没变，抽身是一定的，放弃这一段是一定的，我不但要放弃与他的感情纠葛，我还在寻找新的工作机遇，我真的是这样想的，放弃一切，告别这儿的所有……只是，你要给我时间，你说是奸情也好，爱情也罢，我确实投入了全部身心，转身就走，从此无涉，我以为我能做到，事实我做不到……白日梦吸吸鼻子转向好爹，对不起，好爹，我想请你先离开好不好，这些话听进你耳朵，我会觉得一辈子被你看扁?

好爹像得到解救一样，立刻表示同意，把椅子推开一点说，我正好有点事，那我就先走了，你们两个都是我万分欣赏的新时代优秀女性，出了矛盾要好好调和，争取一个大圆满结局，好吧? 那我就先走了!

好爹果断地走了，拨开玄关处的弹簧门，一闪身就不见了，玻璃门在交联的作用下，摆了两摆，平静地归就原位。

有什么猛料要向我曝么？白瘦嗲把目光从出口撤回，重投到白日梦脸上，冷峻冷漠，厌倦厌恶。

没有，白日梦摇头，皱眉，我觉得不用把好爹拉上，这件事跟他完全没关系。

是么？白瘦嗲冷笑，有个旁观者在场，我倒觉得比较好，当然，我不是用他来提醒你的羞耻感的，我觉得我们两个如果不能协商的话，可以请旁观者给予指正，既然你主动把人家撵走了，那就听你的吧，你看怎么解决？

其实，白日梦忽然抬起头来，正视着白瘦嗲，勇敢地说，我也可以举刀夺爱的，成功与否不论，至少不只有，毫无反抗能力地接受你的冷嘲热讽、令行禁止一条路可走，反正我无家无室，独身一人，搞散你的家庭对我没半点损失。

你什么意思？白瘦嗲锐利地看着白日梦。

没意思！白日梦从容接腔。

我在向你假设一种不可能发生的可能，白日梦冷淡地说，这种可能永远不可能发生，因为没意思！当然，你可以理解为我搞也搞不散你们，我没有你漂亮也是事实，你丈夫侧重于维护家庭完整也是事实，但这些都不是绝对因素，我和他可以有完美和谐的性爱，这是你未必能做到的……

白瘦嗲激动得涨红了脸。

白日梦赶紧打住，摇着头说，对不起，我不想提这个的，确实不想，我也没厚脸皮到完全没有禁忌，相反，我为自己错失在这场荒诞的三角关系里，内心倍受折磨。

白瘦嗲嘴角扯出一丝冷笑。

白日梦尽收眼底，也牵强一笑，道，当然，让你完全相信我的话，有不小的难度，说到底，是我做了愧对你的事，我说一万遍我是无心的，我是不想的，你也不会信，更不会同情，但我还是要说，有些意外就是这样发生的，并不由人的意念控制，如果可以实施开颅手术，从大脑中取消这段记忆，我现在就可以签字划押，把这段卸了。

你说半天想说什么呢？白瘦嗲问，你想告诉我，你跟我老公是发自肺腑地相爱？是情难自控身不由己？是不能割离不可或缺的？是理智都克服不了的，阻止不了的？

是不是真爱我不知道，白日梦说，有人界定，上过床的就是奸情，没上床的才是爱情，我内心对你老公评价并不高，但我还是很惦记他，有空就会想他。

你把我说糊涂了，白瘦嗲说，你说的现象超出了我能设想和理解的范围，也许我们应该共同去找一下心理医生。

医生他只能分析问题，白日梦说，他解决不了我的问题，看得到做不到没用，我的问题必须靠我自己解决，我答应你会有你想要的结果，只是请你给我时间，不会很久，可以么？

51

回到家，陶然把手袋掷向一旁的沙发，把自己撂倒。

仇司令问她要不要喝水，她摇头，目光矇眬地看着他，喊声好累。

两人下班后，临时决定去爬山。没想到爬山之心一旦生就，就变得那样急不可待，发现脚上的鞋不便，当机立断，猫进超市拎出两双朴素的运动鞋换上，直扑山脚而去。

陶然说，看来远离毒品不代表就热爱了生命，热爱生命还必

须热爱运动。

仇司令倒不显出多累，有从前的健身成果垫底，他爬得相当轻松，爬完还负责充当了陶然的拐杖跟拎包的。

仇司令说，你趴着，我给你按按腿，放松一下肌肉。

陶然立马翻转身体，准备匍匐前进炸碉堡去一样趴下。

仇司令在她身边坐下，从她的小腿肚子捏起。

哎呀好舒服啊！陶然眯着眼睛哼哼。

仇司令受到鼓舞，捏得更欢了。陶然小腿扬起来大叫，哎呀太重啦！

啵一下电火断了，屋子里一片黑暗。

陶然摸黑撑起脑袋，呀，怎么啦，是不是瓦斯断了？

我去看看，仇司令忍痛割爱，舍下手中的美女腿，扑向窗口，即时汇报说，对面楼有电的，可能问题出在咱们家……手机呢？拿来，我去看看电闸。

陶然赶紧起身下地，摸出手机，摁亮，举着来到电闸前，把覆在上面的金属盖掀上去，四只近视眼，在如萤微光的照耀下，努力地靠近，靠近，试图看出点什么。

楼下响起了高音喇叭的喊话，B 栋住户请注意，B 栋住户请注意，因供电线路出现故障，正在抓紧检修中，请稍安勿躁……

踮起的脚跟落回平面，责任有了出处，善后有了交代，两人唯有在黑暗中坐等。

哎，我先去冲凉吧。陶然说。

陶然冲完了，仇司令接着冲，两人都冲完了，电还没有来。

怎么还没来电呢？仇司令抱怨，看来不是小问题，一晚供不上就得去买两把扇子来，屋里太热了。

陶然哈哈大笑，说，从前人都是摇着蒲扇睡觉的，我记忆中最深刻的就是我奶奶摇蒲扇的样子，我那时总是挤在她身边纳凉，她摇的风大部分都吹向了我。

嘿嘿，看来蹭便宜是打小的毛病，仇司令笑她，到阳台上去吧，屋子里太闷。

我们来打个赌，几点能来电，怎么样？

阳台有椅子，两人坐下后，仇司令即兴发挥出题。

好呵，陶然热烈响应，赌什么？我赌半小时以内会来电。

我赌一小时以内来电，仇司令说，我输了我给你做半小时按摩，你输了你愿意给什么我？

嘿嘿，陶然狞笑一声，蹭便宜不止我会，看来也是你的强项……把条款列清楚点，你的一小时以内什么意思？我那半小时也在你的一小时以内，凭什么你有一时的余地，我只有半小时？你得说清楚，半小时以内来电就算你输，不然不跟你赌。

我说的就是这个意思，你多心了，反正我方观点就是半小时以内不会来电，对方辩友的观点是半小时以内会来电……现在开始记时，仇司令举起手机看时间，九点四十六分。

喂，你先说清楚，你输了你付什么赌资来着？

给你洗衣服，袜子，洗一周，好吧？

仇司令甩出一记响指，意气风发地道声 OK！

两人坐在阳台上，一面等待赌局的揭晓，一面聊童年趣事。

仇司令投其所好地表示，自己从小是非常爱护小动物的，还曾养过一对小公鸡，当他妈妈宰第一只鸡时，他悲痛欲绝，准备用一个星期不说话，与他妈妈对抗……但是，很快，四溢的剁骨红烧鸡香，让他的意志很快动摇，悲痛自然转化为食欲，他几乎没有经过心理挣扎、痛苦思索，这种一个人的思想转变所必然面临的打破与重建之旅，就义无反顾地扑向了饭桌，甚至在多年以后的今天，他还在为吃到的是一只鸡腿，而不是两只鸡腿空留余恨……吃过一顿喷香的鸡肉后，在接下来的日子里，他每天有一道功课就是催他妈妈把第二只鸡也宰了……这种不爱护小动物的性格就是那时候铸下的，直至发展到吃狗肉这样的暴行……他很感谢陶然挽救了他，让他明白，人生远比有吃狗肉更有意义和价值的事可为！

时间一分一秒地溜走了，大限快到时，全楼依然是陷在朦胧的黑暗中不能自拔——陶然沦为洗衣女工的悲惨命运正在一步一步逼近。她捡起手机，看看时间，问，几点开始记时的，十点零二分？

九点四十六！仇司令声如洪钟地回答。

怎么办怎么办？陶然站起来跳着脚说，回头望着仇司令，鬼鬼地说，要不咱俩摩擦生电吧？

这句话简直像天雷勾动地火，黑暗中，已经忍到极限的仇司令，一举冲上前，捉住他的意中人，乞丐扑上叫化鸡似的，准确无误地叼住两片柔软唇瓣。

灯管忽然睁开眼，整栋楼，几十道光柱齐刷刷直冲向前。她使劲从他的包围中冒出头来，焦急地催道，快看一下，几点了？

52

仇司令接到总公司调令，抽他回去协查一件经济大案。公司内部出现一窝超级大蛀虫，内外勾结，圆环套圆环，形成一支侵吞公司财产的生物链，涉案金额高达千万，且作案手段隐蔽，根子深枝叶却隐于无形，连东窗事发后的顶包都有周密布署。公司因为在关外设有保税工厂，如果报官侦查，必将遭封厂之灾，考虑到停产受到的利益损害，公司高层决定先组织专案组自己摸查，在事实清楚证据确凿后，再交由国家机器法办。

吴总亲自手把加盖总部大印的密件交到仇司令手中，尔后把仇司令召进总办秘议，仇司令被放出后，面部表情，隆重肃穆悲壮。荆柯刺秦之前，不过如此。

晚上吃饭，仇司令把陶然拉去吃日本料理。陶然相当意外，自从买房后，他俩午饭以外的伙食，基本都是坐家餐，极少下馆子的，下也是下在最经济实惠的馆子里，日料理可是提都没提过的事。

去吃，仇司令只是拉住她的手就进了店，爱吃生鱼片的人，哪有不爱日本料理的？

仇司令乘着吃饭的时机，把自己受委派的事告诉了陶然。他的行动是要求完全保密的，所以他只能告诉她一半，表示自己突然要消失一段时间，预期是一个月，这个月连电话都要报停，但完全是因为工作，请陶然不要乱猜测，没有出其它事，更不是他做了违法犯罪的事，或者得罪黑道，被人暗暗收拾了。至于什么事，他现在不能透露，回来后再跟她明细，明天他就要卷起铺盖离开她了，他爱她，希望她乖乖地守着他们的家，等他回来。

什么事呀？陶然翘起嘴巴，鄙夷不屑地反问，你既不是国家公仆，也没在公检法等敏感部门兼职，能有什么大不了的事不能讲的？

仇司令也是个涉世不深的青年，头次在工作中出任这种神秘角色，很入戏，觉得说了保密的事一定不能有半点泄露，所以咬紧牙关也不再露半丝齿风。这让陶然憋屈，自然地认为，其中必有猫腻。陶然据此裁定，仇司令对自己，也不过尔尔，并非像他口头宣称的那样，爱，并且无所保留，他不过像虚假广告一样，夸大其辞了而已。

哎，算了算了，陶然放弃追问，什么你的家我的家？我们又不是真正的家人，你是自由的，我也是自由的，咱们都有权利单独行动，都是各自的独立策划人、出品人、制片人，谁也别干涉谁。

53

陶静在超市买菜，晚上约了陶然来家吃饭。陶然现在是她家的稀客，千呼万唤才来一趟，寂寞的陶静抱怨不讲亲情的妹妹说，以后请你上门是不是得付出场费？陶静想好要为妹妹做几道复杂的菜，以表她欢迎的隆重，及让妹妹产生不虚此行、宾至如归等感觉。

陶静驱着购物车，穿行在人口稠密的熟食区。

营业员举着瓮声瓮气的小喇叭，异常刺耳地为手撕鸡招徕顾客，扬言该鸡的列祖列宗们永生后，曾经十块零八，而它们，只要八块九，实惠多多，不容错过。人群在小喇叭周围围成一圈。那些头天卖不掉的生鸡，第二天就被超市内部消化，转到熟食部的卤水大锅里，卤一卤，捞上来，准备一堆七七八八的调料，当堂把一只卤水煨熟的整鸡，撕成碎片，扔进一只大钢盆里拌了，拿保鲜袋一装，把口封了，所谓的手撕鸡，就这么诞生了。

专职主妇了几年的陶静，积攒有宝贵的采购经验，获知超市内部勾结的操作流程之后，她极少买卤水区的东东，她尝过那些卤东东，可以说一丝鲜气都没了。如果要开荤，就不要怕麻烦，从头开始自己收掇，做一锅猪蹄汤，或者老鸭汤，都要先选好上等的原材料，从祛腥味开始一手包办，最后才不至于千年白等一回，舌头、肠胃，包括神经科器官，都能落个皆大欢喜。

当然，也不是一概而论，比如熟食区的一款糖醋小排，她会时不时地买一回。儿子帅帅爱吃，买五块钱，用超市备用的包装盒打好包提回家，丢给帅帅，不到十分钟就成一堆剩骨。

她把推车驱停在糖醋小排的档位一侧，勾下腰去质检，确认合格，取了一次性托盘开始一枚一枚精选。她身边是一位头发花白的老太，矮个，与她并驾齐驱，干着相同的勾当，审好观也基本接近，对肋骨剁成的小排优先落取，几次把手中的夹子指向同一枚所在，看来是行家里手，同时说明竞争无处不在。老太工时比她长，盘子里已经垒得冒尖，终于放下手中的夹子，却扭过头来，对着挨着她的一侧，出其不意地打了个豁人的喷嚏，不偏不倚，对准的正是她手中的盘子。她怔住了，老人也怔住了。不用老太解释，她也知道老太不是故意的，对一个无心过失的老太，法律上都做出了豁免处置，她又能计较什么呢？她唯有扔下手中盘子，一声不吭地驱上她的推车，瞄准下个目标，生鲜区，绝尘而去。

陶静把一只冻鸡脚，反复在冰柜壁上敲了又敲，检阅过后，确信没有一丝冰渣粘着了，丢进一旁的敞口保鲜袋。她举起保鲜袋来看了看，有半口袋了，就提过去打称，计价 18.88 元，她心里一喜，好数字，扔进一旁自己的推车。

陶然酷爱吃她做的蒜蓉鸡脚，这道菜必须买生的鸡脚来做，最好是新鲜的鸡脚，如果没有，冷冻过的也凑合。本次，她决定为妹妹烹制这道佳肴。她必须抓紧时间回去把这脚给泡了，揸上盐、烧酒、白醋、大量蒜蓉、适量姜末，蒸半小时以上，再用热油炒一炒，淋上蚝油焖十分钟，味道才能入骨，正式吃时，只需拿出蒸一下即可。

晚上这道菜出锅时，果然香不可言，达到史上最高水准。

陶然当时正趴在地板上，陪帅帅折磨一只不慎落入魔爪的未成年小强（不大又不小的半大蟑螂），是陶静的美味鸡脚加速了这只命运多舛的小强的死亡步履。本来，按陶然跟帅帅事先设计的宰杀流程，他们是要将小强大卸八块后再剥夺其生命权的。但是，鸡脚，在它该出锅时出锅了，他们才刚刚卸了小强的第五根腿，小强看上去还是那样身残志坚、紧张活泼，一时很难出现求生不能求死不得困苦局面。陶然不想等了，在它身上盖了层纸巾，一掌拍死了它，顺手用纸巾裹上它的尸体，抛进垃圾桶，回头对转不过弯来的姨侄说，走了，吃鸡脚去。帅帅拿鼻子吸吸香气，从了。

这一晚，鸡脚完成了陶然对美味佳肴的所有幻想。她放弃餐桌上其它一切的旁门左道，专攻鸡脚这一盘。陶静见妹妹吃得这么兴起，也很宽慰，无意中说起，这道菜还是跟赵雅仪学的呢。赵雅仪当年交往一名客家男子，又是捧出火盆一样的热情，为讨那男人欢心，师从一有厨师证的保姆，得传不少烹饪绝技，后把这蒜蓉鸡脚的炮制大法传授于陶静。

陶然内心顿时一抽。她已经许久没有联络赵雅仪了。作为朋友，她做得太欠缺了，她知道她过得不好，她知道自己无力帮她摆脱困境，便就连最基本的温暖都没给她送过。

这一刻，陶然内心卷过无边的自责，霎时变得沉重而深痛。

54

卧室闷热异常，电风扇垂首待命于窗台，一动不动。赵雅仪身上裹着厚厚的棉被，仅露出鼻孔和眼睛在外。也可能是传说中的打摆子缠上她了，哪怕是脚板沾地去趟洗手间，也会冷得直哆嗦，浑身爬满鸡皮。呆在热空气里都得穿上冬天的睡衣。喝下一杯正柴胡冲剂后，她用棉被把自己捂起来，希望睡一觉出一身汗后能好。

她上午去了医院，看了妇科门诊。医生没有好好说明她得的什么病，染的什么病菌。医生都那样，总以为别人不懂，说也白说，或者懒得说，病历书一划，处方单一开，就挥着手赶人去缴钱，多问一句都会不耐烦。

她抱回一堆药，洗的、擦的、阴道内置的、开水送服的，此刻全部散落在她终年不见阳光的客厅茶几上。旁边还有喝剩的半杯水，在快餐摊上打包回来的炒米粉，吃了一半，酱色重得接近发黑。

吃米粉前她都好好的，除了累，腿酸，没有其它不适。累是正常的，她搭公车去搭公车回，站台两端的路都是她用脚板量出来的，累计超过三公里。当时阳光正烈，她撑着一把太阳伞，盘算着自己的生活开支，觉得对照她目前的经济状况，坐的士太奢侈了。她走得口干舌燥，却连水也没有舍得买一瓶。

看诊一共花去 157.70 元，当时价一划出来，她就问缴费窗口的小姐，可不可以只要其中的两种药，洗的不要，她家里有？小姐让她回主治医生那儿改处方，她一听就决定作罢。还有她也痒怕了，连日来的外阴部搔痒，让她失去作为一个正常人的基本活动权限，外出都成为一种负担。于是她想，只要能好，花点钱她情愿。

她的钱袋已经严重告急。房东昨天按门铃催她缴房租，1150元，她拿不出。她必须加快筹款的步伐。

昨晚，她去楼下餐厅吃快餐，老板娘阿华没有收她钱。她觉得阿华人好，对她也肯伸出援手，就动了跟她借钱的念头。遗憾的是，在她万般羞愧地道出心中所想之时，阿华却冷了脸，说，我至多只能借一点吃饭的钱你，房租这种开支，最好找男人开口，你以前的男朋友也好，只要不是撕破脸的，你试试，都是有希望的。

她拒绝了阿华从收银的抽屉里捡过给她的两张大钞。她说，你说得对，我再想想办法，还是要多谢你，至少有你我不担心挨饿。她对阿华强颜欢笑，却对她们的友谊有了明白透析的认识。算不上失望，然而的确心冷，并且自怜。是的，这种友谊不可能为你担待什么，最大的好处就是能互相依偎着取暖，真正的劫难之前，只会选择各自逃生，自保是第一位的。这不怪阿华，也正是阿华这种江湖女子能够活得纹丝不乱的护身大法。像她赵雅仪，也就是因为太欠缺这一类精神气质，以至混到今天，惨淡到无立锥之地。

后来发生的事，让她完全相信了命运不济跟她的渊源，她想她应该放弃挣扎、争取，随波逐流即可。自她谈第一个男朋友开始，直到历史上的今天，她竟然没能攒下一个可以在这个时候让她依靠得上的男人，当然，肯定也有漏网之鱼，她并没有保全所有男人的联络资料。曾经，她是相当极端的，那时容颜多娇，年少气盛，在一段感情中，非此则彼，没有中间带。

她把短信发给莫训青，莫训青很快回复了她。

她第一条短信是，你好么？

莫的回信是，好的，你呢？

她回，不太好，生病了。

莫再回，那你要多保重！

她回，谢谢！

隔了几分钟，她再发信给莫，你能不能借我一点钱，我手头有点紧？

莫保持了高贵的沉默，她相信他会一直高贵下去。

她冷笑，内心自怜而哀伤。难道她就命溥至此，一生都遇不上一个重情重义的男人？

继续从通讯录上挖掘，许志安么？她自嘲地微笑，试都不用试，她跟他，早先就是为钱的事闹翻的，她跟他，是她出钱，他出人、力，他们有过那么多销魂时刻，但架不住三毛钱的利益之争。当然，主要也是双方混得都不理想。

最后，她仍把希望停留在于天拓身上，她向他发去短信，你好么？

也许是久未联系，也许是他正闲着，心情也好，他不但回了，且反应迅速，容量还算不小。他说，前段时间的事，他觉抱歉，太忙，有空请她吃饭。

她马上像被打了鸡血一样兴奋不已，乘胜追击地复过去一句，我也有不对，我爱你！然后她抱着手机，像抱着至爱宝贝，他却不再有任何反应。

在痛定思痛之中，她渐渐明白，她的激动是可笑的，更是可怜的，他不过随口安抚她一句，她却情绪高涨，还发了一句不要脸的我爱你。好在她人都廉价至此，何况区区一句我爱你？

赵雅仪小睡过一觉后，畏寒的症状减轻许多。

她仍然把自己捂在被子里，汗水濡湿了她的床单被褥，她浑身瘫软，求生意志薄弱，此刻最大的渴望是，能在熟睡之间闯过鬼门关，从此莫问阳间事。

她起身下床，喝水兼去卫生间。傍晚的客厅，没有开灯，能见度微弱，犹如闯进节能型的地下停车场，一些矗立着的暗影，她可以凭借记忆知道它们是谁。她在沙发上坐下，旁边是她喝过的水杯，她拿起来，喝空里面的剩水。长久以来，除了热水器里的温水，她的屋里不供应热水，这杯子里的水，是她昨天为送药特地烧的，再热的天气，没有保温设备，到第二天，开水也只能变成凉白开。

茶几右首搁着一只水果篮，那是于天拓曾经的上门礼。水果早已改朝换代，此刻盛着的是她从超市买回的几只苹果、梨，一只黄皮香瓜。一把水果刀，刀柄坐底，刀尖指天，倒插在果篮一角，虽然光线昏暗，它却兀自雪亮，闪着咄咄的寒光。

赵雅仪的目光，垂落在那把隶属五金家族的器具上，深情凝望。

忽然，她挺身直背，前倾，轻易就把刀子拈上手。她右手握刀，左手捏拳，把左腕量在眼前，迟疑了数秒，刀刃在掌控下徐徐翻转，朝下，搁在赤裸的手腕上，成十字交加，轻轻一拉，鲜血迅速渗出，在割开的一线上凝成滚珠……她颤抖着划下第二刀，轻薄锋利的刀片在手腕上用力一抽，仿佛从裤扣间抽出皮带，血迅猛地涌出，成串的眼泪随之洒落，两种不同质地的液体，带着新鲜的身体余温，完成交汇……

（本篇完）

2006 年 5 月 6 日